Orange
橘子洲

寻找隐藏之路

숨은 길 찾기

[韩] 李琴怡 著
程金萍 译

江苏凤凰文艺出版社
JIANGSU PHOENIX LITERATURE AND ART PUBLISHING

图书在版编目（CIP）数据
寻找隐藏之路 / （韩）李琴怡著 ； 程金萍译.
南京 ： 江苏凤凰文艺出版社， 2025. 4. -- ISBN 978-7
-5594-7373-8
Ⅰ. I312.645
中国国家版本馆CIP数据核字第2024TR7163号

江苏省版权局著作权合同登记号：10-2024-139 号

寻找隐藏之路

（韩）李琴怡著； 程金萍译

出 品	橘子洲文化
监 制	暖 暖
责任编辑	白 涵
特约编辑	燕 麦
营销支持	杨 迎 刘 洋 史志云
出版发行	江苏凤凰文艺出版社
	南京市中央路 165 号，邮编：210009
网 址	http://www.jswenyi.com
印 刷	北京中科印刷有限公司
开 本	787mm × 1092mm 1/32
印 张	7
字 数	105 千字
版 次	2025 年 4 月第 1 版
印 次	2025 年 4 月第 1 次印刷
书 号	ISBN 978-7-5594-7373-8
定 价	49.00 元

江苏凤凰文艺版图书凡印刷、装订错误，可向出版社调换，联系电话 025-83280257

目录

CONTENTS

숨은 길 찾기

第一章

素熙的房间

或许是上天特意准备了这样的契机，
要是真的能如愿以偿就好了。

周五晚上，米尔和巴乌在大学路看完音乐剧后，见到了素熙。这是他们在榉树下分别后的第一次见面。听到米尔说已经过了两年，巴乌立马更正为“两年零三个月”。三个人吃完晚饭玩了一会儿，巴乌去了姥姥家，米尔则去了素熙家。

素熙的家比米尔想象中的更宽敞、更奢华。宽阔的庭院里，草坪和树木修剪得整齐利落，盛放着五颜六色的鲜花，还有一个木质秋千和撑着遮阳伞的户外桌。

“哇！我还是第一次来到这么大的房子呢，就像电视剧里的那种别墅一样，好羡慕啊！”

米尔发觉自己心底竟然涌起了一丝嫉妒，一时间惊慌地提高了嗓门。

“我的房间在那里。”素熙指着二楼说道。

比起担心朋友的不幸，真心为朋友的幸福感到高兴的人才是真正的朋友。米尔当时不明白那句话的意思，但现在立刻理解了。与朋友一起为不幸而悲伤比为幸福而高兴要容易得多。

在米尔人生中最艰难的十三岁里，素熙作为朋友陪伴在她的身边。素熙原本和生病的奶奶一起生活，奶奶去世后，便去了小叔家生活。米尔真心希望素熙离开月田村后能过上好日子。听到素熙和从小便分开的妈妈一起生活的消息时，米尔打心底里为素熙开心。只是她没想到，素熙竟然住在如此奢华的房子里。

房子的内部比庭院还要漂亮。米尔和素熙的妈妈、佑镇[①]打过招呼，神情有些沮丧。她走上楼梯，走向素熙的房间，不由自主地叹了口气。

素熙妈妈的模样完全就是米尔自小期望中妈妈的形

---

① 译者注：佑镇和下文的佑赫，都是素熙同母异父的弟弟。

象。穿着漂亮，举止优雅，谈吐很有涵养，静静地等着归家的孩子，为孩子准备零食……可惜，米尔的妈妈截然不同。无论是在曾经当护士的首尔，还是在身为诊所所长的月田村，比起米尔，比起生活，比起打扮自己，米尔的妈妈总是将工作放在第一位。

最近，虽然米尔对妈妈并没有什么大的不满，但如今看到了素熙妈妈，她心里又感觉到了落差。不仅仅是和素熙妈妈，米尔将在乡下上学的自己和素熙也放在一起进行比较。对米尔来说，落差最大的比较对象正是月田村的素熙和现在的素熙。不过，当米尔走过像图书馆一样的二楼客厅，来到素熙的房间时，放弃了比较。瞬间，她心里舒坦多了。

“天啊！这也太好了吧！”

家具、被子、窗帘，屋里的一切都看起来高级大气。

“是吧？我最近从睡梦中醒来，有时候也会恍惚这里是哪儿。我给你拿件舒服的衣服。”

素熙仿佛在说别人的事。她拿出一身睡衣给米尔，自己也换了衣服。米尔换上素熙的衣服，发现上衣像连衣裙，裤子盖住了脚背。

“好可爱啊，你要洗澡吗？”素熙笑着说道。

“我今天早上洗过澡了，先洗洗手吧。”

“我们一起吧。”

两个人各穿一只拖鞋，一起走进浴室。洗手台上面贴着一面浪漫的镜子，末端弯曲的短脚浴缸俨然就像是动画片里公主的物品。米尔偷偷看着镜子里的素熙。比起身旁的素熙，镜子里的素熙反而更像是真实的。突然，素熙把手上的水珠溅到米尔身上，问道：“姜米尔，老实交代，你是不是和巴乌‘交往’了？”

听到突如其来的问话，米尔没穿拖鞋的那只脚一下踩在地上，接着又踮起脚尖。

“什么？我疯了吗？和那个闷葫芦‘交往’？！”

自从素熙离开后，米尔感觉自己有义务照顾患有选择性缄默症的巴乌。不过，她和巴乌的关系原本就很难定义为亲密无间，而“中间人”素熙离开后，他们就那样以模棱两可的关系升入了初中。

因为米尔和巴乌住在同一个村子里，米尔还乘坐巴乌爸爸的车上学，所以学校的同学们都认为米尔和巴乌关系特殊。有的同学以为他们是亲戚，甚至还一度传闻称他们是龙凤胎。尽管他们姓氏不同，长相也天差地别，但这样的谣言还是传开了，真是令人哭笑不得。当大家发现他们的关系并不是上面这两种情况后，便开始传言他们在“交往”。米尔第一次见巴乌时曾有过短暂的好感，此后却对他再也没有过异性感情。可是，周围的流言蜚语让他们两个人变得尴尬起来。如今，比起两个人单独在一起，有其他人在场的时候米尔和巴乌反而更舒服。

“巴乌好像一直都很在意你。”素熙嘲弄似的咧开嘴，笑着说道。

“说什么呢？你们两个才是见不到就活不下去好吗？今天也是，你光忙着照顾巴乌，根本就没把我放在眼里。”

米尔稍微有些“记仇”。

“我那样是因为你今晚要和我在一起，而巴乌一会儿就走了。你又不是不知道，我一直把他当亲弟弟来对待。”

“真的只是这样？”

“当然啦，我不喜欢比我小的。”

他们三个人中，巴乌的生日是最晚的。

“我跟你一样。对了，我们学校有个同学喜欢巴乌，风格是不是很独特？”

米尔之前一直拿不准，可现在已然确信无疑。话剧社团的部长在伊选择去草本农场，而不是去看音乐剧，正是因为巴乌。在米尔的学校里，初三只有两个班级。从今年开始，他们的研学活动从以班级为单位改为以小组为单位。由此，学校的活动项目也更加丰富多彩。其中，最受女生欢迎的项目是去大学路看音乐剧。而男生大部分都选择了牧场体验活动，据说去那里可以尽情地享受自己亲手做的比萨和奶酪。除此之外，体验项目还有草本农场、陶瓷作坊等。

一直怀念首尔生活的米尔毫不犹豫地选择去看音乐剧。她给重新联系上的素熙发消息说了这件事，素熙说要跟她见一见。当然，巴乌也要一起。巴乌原本想去草本农场，后来也改成了看音乐剧。因为巴乌而选择草本农场的在伊也因此“赔了夫人又折兵”。

“谁啊？那人什么样？”素熙好奇地问道，两个人一起坐在床上。

“她叫柳在伊，平时有点讨人厌。”

和当年的米尔截然不同，初中一年级从首尔转学而来的在伊很快便适应了新学校的生活。人气、关注度、优异的成绩……她应有尽有，甚至还克服重重困难，成立了话剧社团。米尔说着在伊的情况，语气里夹杂着一丝夸张。

“这孩子听起来很嚣张啊。”

见素熙附和，米尔更兴奋了。

“嗯，她就是个‘显眼包’。”

“巴乌也知道那个女生喜欢他吗？”

“那个闷葫芦能知道什么？巴乌之前不是动不动就去妈妈的坟前坐着吗？他现在迷上了培育植物，每天都泡在学校的温室里。他应该是想和他爸爸那样种地吧。”

“他对植物一直很感兴趣，走到哪儿都带着植物图鉴。他之前还给我画过山百合呢，你还记得吧？”

“嗯，他还在画上写了一些字，是什么来着？”

“‘山百合，像素熙的花，一种懂得爱自己的花。’啊，真肉麻。”素熙紧握着双手，笑着说道。

“确实很肉麻，但你不怀念吗？我们那时候多单纯啊。”

米尔的神情一时有些恍惚。

“是啊，确实很单纯。那时候，我们好像看透了人生一样。”

“在学校里，六年级是最高的年级，我们应该是感觉到已经长大了。”

十三岁的记忆在米尔的脑海里一闪而过。

“巴乌送我的画，还有你送我的日记本，我都留着呢。”

米尔隐约地想起了当时写给素熙的卡片。

“啊，那个也很肉麻。我们不要再提之前的事了，还是聊聊你吧。”

素熙把比自己大一岁的男性朋友上了高中后便和自己断交的故事讲给米尔听。

“你们断交前进展到哪一步了？”米尔问道。

“进展？说什么呢？我可是模范生。对了，你到现在都没有关系特别好的男性朋友吗？是真的吗？”素熙转换了话题。

“那也得有我感兴趣的人啊，看到他们跟小学生一样调皮淘气，我真的没什么兴趣。”

米尔嘴上这样说，其实她心里很害怕喜欢上一个人。离婚的爸爸和妈妈最初也是因为相爱才结婚的。当时因为做了关于龙的胎梦，翻着词典给孩子取名为“米尔”的那对夫妇，后来却全然不顾女儿会受到什么样的伤害，毅然决然地选择了离婚。在米尔心里，永远相爱的誓言全都是骗人的。

“是这么淘气吗？”

素熙突然用枕头攻击了米尔。米尔也抓起了一个枕头。两个人离开床边，跑来跑去试图抓住对方，笑声响彻整个屋子。她们之前也在米尔的房间里这样玩过。这看似幼稚的游戏仿佛让她们瞬间回到了从前。听到敲门声，她们连忙将枕头放回原处，整理了一下衣服。只见素熙妈妈走进房间，把摆放整齐、漂亮的水果盘放在小桌子上。

“玩什么呢，这么有趣？连楼下都能听到你们的笑声。”

“是不是太吵了？对不起。”

看到素熙恭恭敬敬的样子，米尔想起了动不动就冲着妈妈大喊大叫的自己。“那是因为妈妈总是惹我生气。”米尔暗想。

“哪有，听到你们的笑声，我也很开心。”素熙的妈妈看着米尔，笑着说道。

“佑镇呢？睡觉了？”

“他能这么早就睡吗？他总是嚷着要来这个房间，我就让他玩游戏了，现在正玩得兴奋呢。”

素熙妈妈的音色和素熙一样，但听起来更柔和、更温柔。如果有人用这样的声音跟米尔说话，不管说什么，米尔觉得自己都会很乐意接受。

“现在应该到时间去接佑赫了吧？让佑镇上来吧。”

“不用，我会带他一起去的，别管他，你们放心玩吧。”

“你跟他说，我星期天会好好陪他玩。”素熙对走出房间的妈妈说道。

素熙好像和弟弟们关系很好。“难道因为他们也是素熙妈妈生的孩子？”米尔也有一个三岁的妹妹，名叫佑妮。米尔很讨厌佑妮，不过她也不会卑鄙到欺负佑妮，两个人偶尔见面也像陌生人一样。

“你妈妈就像电视剧里那种社长夫人一样。”房门关上后，米尔低声说道。

“是那种冲着儿子的女朋友泼水，还扔过去一个装钱信封的夫人吗？”素熙笑着说道。

“嘻嘻嘻，是那种骨子里都散发着涵养、举止优雅的夫人。你妈从来没有生过气，或者冲你大喊大叫过吧？”

“怎么可能呢？佑赫沉迷于游戏时，被训得可惨了。”

素熙的妈妈就算生气似乎也会保持优雅。

“要是我妈妈能有你妈妈的十分之一就好了。”

米尔满脸羡慕的神情。素熙用叉子叉起一块猕猴桃，递给米尔。

“我才羡慕你妈妈呢。所长可是我的榜样，你不知道吧？”

米尔闻言，差点把刚吃进嘴里的猕猴桃吐出来。她知道素熙觉得自己那当所长的妈妈很帅气，很喜欢她妈妈，但她以为这只是因为妈妈给素熙的奶奶治病。“素熙竟然说我妈妈是她的榜样？”

“你也要当护士？”米尔吞下猕猴桃，问道。

“不是，我当时想学习她的生活态度和努力的方向。”

素熙的表情很真挚。

“上小学时，你就有那样的想法了吗？”

“现在已经不那样了。当时，你妈妈和我之前认识的阿姨们都不一样，所以我觉得她很帅气，应该就是这样吧。”

素熙笑着说道。

米尔闻言，这才明白了她的感受。“那时候，我妈妈身上还有在城市生活过的痕迹。如果素熙现在看到我妈妈仿佛在月田村生活了三十年的模样，那种崇拜会彻底消失的。”想到这儿，米尔打算跟妈妈视频通话，让素熙的幻想破灭，但还是强忍住了。能让素熙对自己还有一点羡慕的东西，米尔觉得还不错。

“你经常见你爸爸吗？”素熙问道。

“那个，一年见一两次吧。”

和妈妈一起生活时，米尔的爸爸执迷于自由的灵魂和艺术摄影。后来，爸爸再婚，开办了一家儿童摄影工作室，像蚂蚁一样勤劳地工作。不过，他不是为了米尔和妈妈，而是为了新的家人。如今，爸爸的女儿已经不再是米尔，而是佑妮。

“你好像很喜欢你的弟弟们。我感觉我的爸爸像是被抢走了，所以对我妹妹又讨厌又恨。你没有那种经历吗？”

米尔吐露着自己的心声。她曾经跟妈妈说过，但告诉别人还是第一次。素熙闻言，沉默了一会儿回答道："怎么会没有呢？不过，没有任何一种感情是百分百纯粹的。如果真正的感情占百分之三十，剩下的要用礼貌、努力、怜悯还有其他东西来填补。"

这时，素熙的手机铃声响起。米尔让她接电话。

"嗯，那个时间可以。到时候把今天的也做完吧。好，好的。我会提前预习的。"

素熙挂断电话，在手机上记下了什么。

"你今天还有别的约会？"米尔问道。

"嗯，原本周五这个时间需要上课外辅导。今天为了和你们见面，我特意调了时间。"

"你还要上课外辅导？"

"要想上'特目高'，只能这样做。今天也是因为期中考试结束了才能见你们，如果是在考试前，我肯定见不到你们的。"

"特目高？是哪里啊？"

听到素熙所说的那家外语高中，米尔吓了一跳。素熙小学时成绩很好，当时的米尔也不逊色。可是现在，米尔在学校初三所有的六十七名学生中，连前十名都进不了，素熙却在准备只有全国排名靠前的学生才有可能进入的特目高。一种强烈的自卑感袭上米尔的心头，这和先前因为房子和彼此的妈妈而产生的落差感完全不同。

“不过，我觉得够呛。其他同学从很早就开始准备了。你呢？打算直接去市里的高中吗？能走读吗？”

听到素熙或许是出于礼貌而问的这些话，米尔努力掩饰的情绪一下澎湃起来。她心里受伤极了。素熙在月田村比米尔生活得更久，明明知道当时是什么样的生活，如今的言行举止却像生来就是首尔的富家小姐。

“你也知道，头班车的时间很早。我到时候坐那个就行。不过，我说不定也会来首尔。我在考虑要不要上艺术高中，我想成为音乐剧演员。”

米尔不想让正准备特目高的素熙看到自己浑浑噩噩生活的样子。虽然是信口说的，米尔还是被自己嘴里蹦出来的单词吓了一跳。“艺术高中？音乐剧演员？这都是些什么啊？”米尔今天看演出时很受震撼，仿佛沉浸其中——一起看的同学应该也都感同身受——但她从未想过要成为音乐剧演员。事实上，今天是米尔第一次观看真正的音乐剧。米尔的心被自己说的话惊得怦怦直跳。

“真的吗？我记得之前在学校艺术节的合唱中，你曾经担任过独唱部分，老师还夸你唱歌好听呢。”

素熙提起了连米尔都已经忘记的回忆。

“是吗？可是音乐剧演员不仅要唱歌好听，还要会演戏。”米尔的脑海里浮现出那些歌唱得很好，演技却很尴尬的偶像歌手，若有所思地说道。

“我前几天看了音乐剧《巴黎圣母院》，真的很感动。你以后要是能成为音乐剧演员就太好了，一定要考上艺术高中来首尔。那样我们就能经常见面了，对吧？”

见素熙毫不犹豫地选择了相信，米尔感觉自己掉入了陷阱。可尽管如此，比起普通高中，准备考艺术高中的样子看起来更帅气。米尔甚至觉得，自己可能潜藏着一些连自己都不知道的才能。“或许是上天觉得我至今没有顿悟而感到惋惜，所以特意准备了这样的契机，要是真的能如愿以偿就好了。”内心强烈的渴望让米尔脱口而出：“嗯，我一定要成为音乐剧演员！”

第二章

秘密花园

仿佛在人们不注意的地方，
建立了一个独属于自己的王国。

巴乌乘坐公交车来到了学校所在的面[1]。现在是晚上十一点多，前往月田村的公交车已经停运了。巴乌从首尔出发时就计划好了，打算从这里步行走回家。夜已深，巴乌有点害怕，但他不想叫爸爸来接自己。爸爸以为他会在姥姥家住一晚再回来。

对巴乌来说，没有比见到素熙更好的事情了。在首尔市中心见到素熙，巴乌感到很神奇。素熙的状态看起

---

① 译者注：面，韩国的行政区划之一，相当于中国的乡。

来很不错，他也很开心。不过，嘈杂混乱的城市让他难以忍受，仿佛缺氧般有些窒息。他想尽快回到月田村，呼吸一些新鲜空气。

和素熙、米尔分开后，准备去姥姥家的巴乌在高速巴士客运站冲动地下了地铁。以现在这种状态，他没有自信能承受得住姥姥的情绪。最小的女儿离世，姥姥有着无尽的悲伤和思念，这些情绪并没有随着岁月的流逝而淡化、褪色。不过，巴乌对母亲的记忆和感情正在逐渐变淡。心理咨询老师曾对他说过，人到了青少年时期，离开父母的怀抱是正常现象，对母亲的记忆也会变得模糊，这些都是理所当然的，长时间执念于母亲的去世才是更严重的问题。巴乌明白这些道理，可和姥姥在一起，让他觉得忘记妈妈是一件可耻的行为。虽然姥姥很难过，巴乌心里有些过意不去，但他并没有后悔如此冲动地直接回家。

从面走最近的路到家大约需要四十分钟。晚上不同于盛夏炎热的白天，凉爽的气温很适合步行。刚从面走出来，巴乌的视野一下变得黑暗起来，仿佛跨越了一条隐形的警戒线。月光照亮了那些路灯照不到的空间。农田中间矗立着突兀的厂房、脏乱的畜舍、破旧的仓库，在月光下披上了一层神秘的面纱。

巴乌感受着世间万物散发的生命气息，一步一步地走到了榉树下。榉树已经五百岁了，却依然像青年般郁郁葱葱。树的左侧是诊所，沿着从大道岔出去的斜坡路走下去便是村庄。

巴乌踩着铺满地面的树影，走上了村里的小路。他的步伐越来越快。路边房子里的犬吠声传入耳中。巴乌的家在山脚相连的山坡上。要想回家，他必须经过素熙的家。见那座房子越来越近，巴乌心里也越来越着急。他在素熙家门前停下脚步，解开系着铁门环的绳子。走进院子，他看到素熙奶奶喜欢的白色佛头花像灯火般明亮。虽然巴乌今天忙着去首尔，可早上临走前还来这里除过杂草。他之前采了很多野花种在院子里，附着在他身上随之而来的苍耳、豨莶之类的野草也在顽强地发着新芽。

素熙离开后的那年春天，杂草仿佛察觉到这房子没了主人，迅速展开了“领土战争”，遍地肆虐疯长。夏天还没到，素熙家的院子便被杂草淹没了。素熙离开后，巴乌感觉整个村子一下子空荡荡的。自那以后，巴乌空虚无聊时，便经常来这里。就像素熙之前照顾巴乌那样，巴乌精心地打理着素熙的院子。后来，他不再沉溺于失去母亲的痛苦，而是将自己的心血倾注在植物上。

初一的寒假，巴乌去姥姥家时偶然看到了表姐落下的杂志。当时，为了敷衍和姥姥的聊天，他本想随便翻翻那本杂志，没想到一下瞪大了眼睛。原来，杂志里面有很多漂亮的庭院照片，其中一对英国老夫妇用毕生时间打理的庭院吸引了巴乌，让他根本挪不开眼睛。巴乌仿佛闻到了照片里的花香。他想把素熙家的院子也打理成那样。不过，这需要园艺方面的知识。巴乌的爸爸对人们吃的大米和旱田作物头头是道，对花花草草和树木等植物却并不关注，也不了解。巴乌也认为花草树木是在田野、路旁、田埂路和山脚下自然而然生长的，因此他并不埋怨爸爸。

寒假期间，巴乌抽空便上网查资料，翻阅书籍。升入二年级后，他在特别活动社团中选择了园艺社。在社团里，他和贤奎熟络起来。贤奎性格活泼，喜欢热闹。和他在一起，巴乌就算不怎么说话，气氛也不会冷场，贤奎也不会感觉郁闷。后来，巴乌开始参加园艺社团活动，经常出入温室，和学校的大叔也变得亲近起来。大叔不仅负责打理学校的植物和花坛，还要管理设施，清扫卫生。他毕业于农业高中，对各类植物都很了解。巴乌给大叔帮忙，大叔教给了他很多园艺知识，还给了他很多花苗、种子、球形根茎等。巴乌把这些都种在了素熙家的院子里。他得到了素熙小叔的允许，所以想做什么都可以。

不过，从今年开始，特别活动社团里的园艺社取消了。因为学生平时大都生活在农田或果园里，所以家长运营委员会建议把园艺社换成对学习更有帮助，或学生们更感兴趣的社团。对此，巴乌心里并没有太大波澜。对他来说，了解植物知识的途径并不是园艺社，而是互联网和学校温室里的大叔。

随着春天的到来，巴乌去素熙家更频繁，在那里度过的时间更长了。起初，巴乌以为自己打理院子，是为了想念月田村的素熙，可不知从何时起，这变成了他最喜欢的事。泥土很柔软，巴乌怎么摸都不厌倦，也不在乎难闻的异味。而且，他真的很喜欢在那样的泥土里种植植物。每次去到一个新环境或陌生的地方，巴乌都会心里打怵。而植物无论在哪里，都会竭尽全力生根发芽。每当看到这些植物，巴乌都很欣喜，仿佛自己为这些生命的诞生出了一份力。

素熙家的前院和之前她奶奶在世时并没有太大的变化，可后院在巴乌的打理下焕然一新。巴乌非常自豪，仿佛在人们不注意的地方建立了一个独属于自己的王国。巴乌在书中看到人们会给庭院起名，便给这里的院子也取了一个名字——秘密花园。巴乌沐浴着秘密花园里散发出来的生命气息，回到了家里。

听到拖拉机的声音，巴乌睁开眼睛，从床上下来朝外看去，眉头一下皱了起来。院子边缘是他打理的花坛，如今却被拖拉机的车轮压得一片狼藉。去年秋天，巴乌在花坛里按颜色撒播了一些罂粟花[1]种子。这种花形状简单，但颜色鲜艳，美丽迷人。听人说这种花“移栽不好活”，巴乌便直接在地里撒了一些比粟米还小的种子。当如细线般的幼苗探出头时，巴乌高兴得仿佛赢得了全世界。他担心嫩芽在冬天会被冻死，还特意覆盖了一层塑料薄膜。他的苦心没有白费，刚进四月，橙黄色和红色的花竞相绽放。几朵鲜花将原本寂寥冷清的院

① 译者注：中国法律明确规定禁止私自种植罂粟等毒品原植物。

子映照得生机勃勃。

巴乌本打算等秋天花谢后，把种子收集起来，撒在回家的山坡上。一想到杂草丛生的斜坡就像画中的风景一样，巴乌忍不住心潮澎湃。可是如今，那些花被粗暴的拖拉机碾落在车轮之下。

其实，这样的情况并不少见。村里的狗曾经糟蹋过种在村子会馆前花坛里的花，山羊也曾经把村里的每块空地上种植的花草幼苗啃食干净。巴乌之前见到这样的情形也很伤心，但程度远不及如今在院子里目睹的这一幕。他爸爸是月田村最熟悉农业机器的人，只要稍微注意一点就不会发生这样的事。这么看来，爸爸根本不在乎自己儿子养的这些花。巴乌刚开始以为爸爸是不小心，但后来渐渐觉得他是故意的。巴乌感觉拖拉机压过的不是花坛，而是自己的胸口。

巴乌的爸爸看不惯儿子总时不时地出入素熙家。他宁愿让儿子和朋友们到处调皮捣蛋，也不想看着儿子天天侍弄这些花花草草。他压根不在意巴乌做这些的时候是多么地平静、幸福和自由。

第三章

白日梦

你的青春期真的很长啊。

“我，准备考艺术高中。”

米尔使劲用筷子夹起鸡蛋卷，塞进嘴里，对妈妈说道。今天是星期天，妈妈终于有了一点闲暇，而鸡蛋卷是妈妈能做的最拿手的饭菜。平时，她们主要靠炒饭或拌饭来填饱肚子。虽然妈妈总是拿忙当借口，可无论给她多少时间，她都不可能做出像素熙妈妈那样色香味俱全的饭菜。

米尔盯着餐桌上的“老三样”小菜套餐——炒鳀鱼、牛蒡汤和酱黄豆。妈妈说这里面包含了人体必需的营养元素，强迫她吃那些小菜。

米尔想起了素熙家的餐厅。整齐洁白的桌布上摆放的碗盘，就像素熙妈妈一样优雅而高级。看上去就让人觉得很健康的新鲜水果、撒上自制调味汁的沙拉、抹着黄油烤制的面包、蓝莓酱和草莓酱、像是刚从牧场挤来的新鲜清香的牛奶、颗粒感十足的酸酸甜甜的橙汁……还有，香气四溢的现磨咖啡。米尔在素熙家的经历如梦如幻。

妈妈或许是能力出众、待人亲切的诊所所长，可作为家庭主妇、作为妈妈根本“不合格”。米尔六年级时，妈妈就曾说过：“在‘妈妈’这个身份之前，我首先是一个女人，是一个人。”当时，米尔很开心妈妈把她当成大人来对待，并努力理解妈妈。可现在想来，对一个刚刚经历父母离婚、突然搬家，原本就很辛苦的十三岁孩子来说，妈妈提出的这个要求本身就很过分。

“艺术高中？啊，你是不是又有研学活动？什么时候？”

比起米尔的话，妈妈更专注于在凉拌菜里挑挑拣拣。这些不知道名字的野菜是村里的奶奶或大妈们送来的。见妈妈对女儿未来的关心还比不上一盘野菜，米尔怒火中烧。这一幕和素熙的妈妈又形成了鲜明对比。素熙的妈妈比素熙更了解外语高中的入学考试，还四处打听必需事项，为素熙提前做好准备。

“啊，真是的！我说我要上艺术高中。”米尔猛地大嚷道。

“什么？好端端的，说什么呢？”

妈妈从野菜中挑出干枯的碎叶放在餐桌上，这才看了看米尔。米尔心里有些崩溃，“素熙竟然把这种无法沟通的大妈当作榜样，真是看走了眼。”

“我，以后要成为音乐剧演员。”

一直皱着眉头盯着妈妈的米尔说这句话时，视线不经意地往下看去。

“音乐剧演员？”

妈妈的脸上掠过一丝不耐烦。“嗯。”米尔点了点头。她因为不想输给素熙，头脑一热说出了心里话，脸上也露出毅然决然的神情。妈妈打量似的看着米尔的脸，接着好像知道了什么，扑哧地笑了出来。

“你这样想应该是因为看了音乐剧表演。别做梦了，谁都能当演员吗？而且音乐剧演员不仅要会唱歌，还要演技好，你觉得你有那种才能吗？别胡思乱想了，好好学习吧。”

米尔之前说过自己想成为时装设计师、糕点师，还曾经缠着妈妈送她去补习班，说自己要成为魔术师。

“这次是真的，你不记得我六年级在合唱比赛中独唱过的事了吗？每次去KTV，只有我经常拿到一百分。”

“那又怎么样？想去艺术高中，就该提前准备啊，现在都已经过五月了。”

在妈妈眼里，时间就像有弹性的橡皮筋。只要她愿意，同样的时间既可以早，也可以晚。

“哪里过了？今天才十二日呢。现在开始也不晚啊，我，想上补习班。”

妈妈闻言，神情有些为难。

“面里有这种补习班吗？”

“当然没有了，要去市里。”

昨天从首尔回来后，米尔在网上各种搜索，最终发现道厅[1]所在的市里有一所音乐剧专业补习班。点进补习班的网站，立马弹出了一名学生被著名艺术高中音乐

① 译者注：道是韩国的行政区划之一，相当于中国的省，道厅相当于省会。

剧系录取的消息。道里倒是有一所艺术高中，但没有音乐剧专业。米尔搜索了全国各地的艺术高中，其中设有音乐剧系的学校并不多。很多学校的话剧电影系也会教音乐剧，但那个系的名字听起来就让人觉得心惊胆战。即使在设有音乐剧系的学校中，米尔对首尔的学校也没有把握，倒是首都圈的艺术高中吸引了她的注意。打开学校的官网，米尔看到学校的宿舍设施齐备，校服漂亮，大学升学率高，毕业后出名的学生也数不胜数。最重要的是，她可以自豪地离开月田村，进入寄宿学校，这样看起来很扬眉吐气。如果能进入那个学校，她在素熙面前就不会“低人一等”。即便落选，对米尔来说也算是尝试过了。她不想让素熙觉得自己只是在吹牛。

“你从这里怎么去补习班啊？”

妈妈的神情有些担忧。

“我可以的。”

学校到市里的公交车每三十多分钟就有一趟，所以根本没必要担心怎么去。回家倒是个问题，不过补习班离车站不远，下课时间和末班车时间也大致吻合。听着米尔的解释，妈妈的表情更加凝重。

“上补习班要花很多钱，艺术高中的学费应该也很高。”

米尔闻言，一下火冒三丈。

“干吗跟我说这些？父母支持孩子做想做的事，难道不是理所当然的吗？”

素熙也在上补习班，她妈妈觉得这样很累，效率不高，便让素熙不要在乎钱，给她请家教来辅导。可米尔的妈妈每天都在考虑钱，甚至还跟米尔抱怨诊所预算不足的事。妈妈看了看没好气的米尔，叹了一口气。

“你的青春期真的很长啊。”

妈妈的唠叨还有一个，那就是米尔的“青春期”。

“讨厌，真是烦死了！”

米尔猛地放下勺子，起身而去。

第四章

天竺葵

从开始感兴趣的那一刻起，
世间万物才会成为具有全新意义的存在。

听天气预报说周末有暴雨，巴乌便在放学前去了一趟学校的温室。里面是大叔培育的幼苗，他打算等秋季庆典时用一盆盆菊花来装饰校园。尽管大叔盖上了遮光膜，把侧面的塑料收了上去，然而温室里还是比外面热得多。虽然今天乌云密布，整体温度比平时低一些，可里面仍然很闷热。巴乌观察了一下放在温室角落里的天竺葵扦插花盆。他从大叔那里拿到一个空花盆，在里面放了十根茎插，其中四根已经死了，只有六根还活着。

“我就知道你在这里。”

在伊的声音突然传来，巴乌吓得急忙站起身来。他一眼看到了在伊那闪闪发光的嘴唇，接着便移开了视线。

“我打赌，在伊肯定喜欢你。按她的性格，肯定会先找你。”

贤奎之前说的话就像敲击电脑键盘般重重地落在巴乌的胸口。

就在巴乌参加完初中入学典礼的第二天，在伊从首尔转学而来。这所拥有七十多年历史的学校，如今变成了每个年级只有两个班，全校学生不足一百五十人的小学校。如今农村里几乎没有新生儿，就连现在的学生也有很多迁了户口，转学去了市里的学校。所有人都在想方设法地去城里上学，在伊却转学到了这里。她没有爸爸工作调动等明确的理由，自然而然地成了焦点话题。

渐渐地，外面谣言四起，先是说她爸爸事业失败，后来又传言她妈妈得了严重的疾病。不仅如此，在伊不在学校吃配餐，而是带盒饭，这让她更惹人注目。没过多久，在伊因为自己和妹妹的过敏性皮炎而转学的事实被大家知晓。那时候，巴乌不知道过敏性皮炎是什么，上网查了一下，发现是皮炎的一种，奇痒无比，是一种看起来很丑陋又令人很痛苦的疾病。网上甚至有报道称有人因此而自杀。

巴乌觉得在伊的情况更糟糕。到了穿夏装的时节，巴乌看到在伊胳膊和小腿上的过敏性皮炎伤疤，总会在心里共情她的痛苦。在伊本应该很痛苦，却一直很开朗。她的样子让巴乌很惊讶。

“你每天都在这里干这些，同学们会嘲笑你是老头的。”在伊笑着说道。

巴乌一下脸红了。他这样是因为想起了贤奎的话，在伊却以为是自己的缘故，便慌慌张张地补充道：“我这样说并不是不喜欢，不，别人会给你起外号……我不是那个意思，你每天在这里……”

在伊也满脸通红地胡言乱语起来。巴乌试图将脑海里贤奎的话全都抹掉。

“你刚刚看得那么认真，这是什么啊？”

在伊把话题转向了花盆。见在伊蹲在花盆前面，巴乌也犹豫着蹲了下去。“她怎么来了？难道真的要跟我说什么？”巴乌想到这儿，心怦怦直跳。

“天竺葵。”巴乌紧张地勉强回答道。

“天竺葵？天竺葵长这样吗？”

见在伊激动的反应，巴乌有些不知所措。

“这是茎干。”

“为什么要这样弄啊？”

“为了繁殖。”

说到“繁殖”，巴乌下意识地想到了“交配”一词，一时间有些羞愧。

“真的吗？它真正的样子到底是什么样？”在伊瞪大眼睛问道。

读过很多书、上课经常回答问题的在伊竟然不知道天竺葵？巴乌看着在伊，怀疑她是在取笑自己。可她的脸上确实写满了好奇。巴乌见状，从手机里找出一张天竺葵的照片，给在伊看了一下。仔细想来，巴乌在对园艺感兴趣之前也不知道什么是天竺葵。从开始感兴趣的那一刻起，世间万物才会成为具有全新意义的存在。蹲在身边的在伊也和巴乌刚才在教室里看到的她不一样了。“不，我这样想并不代表着对她感兴趣。”巴乌心里有些慌乱。

“咦？这不就是中央玄关那边大花盆里的那种花吗？我每天都能看到，却不知道那是天竺葵。这个长大了也会变成这样吗？”在伊指着扦插的花盆问道。

巴乌点了点头。

“啊，这就是科学课上学的茎插，对吧？”

巴乌又点了点头。在伊看起来像是难以开口，一直在卖关子。“万一她说了什么，我该怎么回应呢？”巴乌惴惴不安。

“那个，这样繁殖后，你打算做什么？”

“没什么……”

“好神奇啊，这里真的长出了新芽！真可爱。”

巴乌和在伊挨在一起，但他一动也不敢动，怕自己乱动会让在伊尴尬。

“你好厉害啊，像个专家一样。”

在伊看向巴乌的眼神里充满了崇拜。巴乌感觉在伊的视线所及之处变得炙热起来。

“这些长大了怎么办？能不能给我一颗？”

“好。”在伊话音未落，巴乌便回答道。

“外国小说里经常出现名为天竺葵的花，我之前还傻乎乎地以为，天竺葵只有去了国外才能看到呢。”

“你看起来才不傻乎乎的呢。”几乎没看过小说的巴乌更在意在伊来到温室的原因。

“啊，对了。”在伊这才想起来什么似的看着巴乌，“宋巴乌，我能拜托你一件事吗？”

巴乌闻言，心里咯噔一下。

“什，什么事啊？”

“社团发布会时，我们有话剧演出，你来帮忙吧。”

在伊的话完全出乎巴乌的意料，失落感夹杂着尴尬涌上他的心头。社团发布会在期末考试结束后举行。虽然没有设置奖项，但话剧、嘻哈、魔术等社团里积极活跃的成员们都赌上了自尊心，誓要拔得头筹。

“舞台背景是树林，但我不想画一幅背景，而是想用真正的植物装饰得更生动活泼一些。我觉得你能做到，所以特意来拜托你。这是初中生涯的最后一场了，我们想好好表现，所以你一定要帮帮我。”

“什么话剧啊？”

巴乌无法直视在伊的眼睛。

“你知道莎士比亚的《仲夏夜之梦》吧，我把剧情改编了一下，不过背景还是维持原样，以森林为背景。”

巴乌只知道《仲夏夜之梦》是莎士比亚的五大戏剧作品之一。听在伊提到森林，他的脑海里一下浮现出后山的情景。在打理素熙家的院子之前，巴乌经常去与妈妈的墓地相连的后山森林。深绿色的树叶郁郁葱葱，阳光透过缝隙洒下来。四处盛开的鲜花、粗壮的树干、长着苔藓的石头、缠绕树干攀缘而上的藤蔓植物、沟沿边的蕨类植物、腐叶和新叶的香气混杂的气味、微风……巴乌经常在那里静静地坐着，什么都不做。他最近沉迷于打理秘密花园，已经好久没有去那个森林了。听到在伊的话，他蓦地想念起那里的一切。

在伊满怀期待地说道：“你会帮我吧？只是出出主意也行，跑腿的活让社员们干就行了。帮帮我吧，好不好？”

面对在伊的恳求，巴乌不忍心拒绝，点了点头。在伊见状，猛地跳起来，大声欢呼道：“谢谢，太感谢啦！我还担心你会拒绝我呢。剧本马上就要定稿了，确定好了就给你看。”

“可是，话剧的舞台不是变化的吗？”巴乌想起不久前看过的音乐剧，对在伊说道。他对去年发布会上在伊的演出完全没有了印象。

“我们演的是独幕剧，舞台没有太大的变化，只有简单的桌子、椅子，还有森林。在这部话剧中，森林是最重要的。”

虽然巴乌已经答应帮忙，可他的脸上写满了担忧。在伊读懂了他的表情，安慰他道：“别担心，你会做好的。咱们学校这么多同学，没有人比你更懂花花草草。我要把这个好消息赶紧告诉他们！谢谢啦。”

在伊一边打电话，一边冲出了温室。

“好消息！宋巴乌答应帮我们了，让所有人都集合！”

在伊兴奋的声音渐行渐远。巴乌扑通一下蹲坐在地上。他想变成一个蝼蛄，消失在腐叶土里。他刚刚自作多情，以为在伊是来跟他说什么私话，实在太丢人了。巴乌用园艺铲挖着地，似乎在挖掘内心的记忆，回忆着自作多情的那些经历。如果只是贤奎的那些话，巴乌就不会有这样的错觉了。

那天是刚刚结束研学活动的星期一。上完体育课，巴乌来到操场的水池边，在伊站在他的身后。巴乌见状，让在伊先洗。见旁边有空位，巴乌也过去洗手。明明是在伊先开始洗的，却一直不停地冲着手。“我知道她有过敏性皮炎，皮肤很敏感，没想到手也要洗得这么干净啊。”巴乌暗想。

正想着，只听在伊说道："宋巴乌，我是因为你才去草本农场的，你怎么突然变卦了呢？"在伊的话如果说是玩笑，表情里却充满了真挚；可如果是真心话，语气里又透着一丝玩笑味。巴乌还没来得及反应，在伊就跑开了。巴乌怔怔地望着在伊的背影。"因为你"这几个字清晰地钻进他的耳朵，为贤奎之前跟他说的那些胡言乱语增添了力量。后来，在伊总会映入他的眼帘。在温室看到在伊的瞬间，他想当然地以为她是来向他表示什么的。

现在看来，在伊一直在巴乌身边徘徊，就是为了让他帮忙话剧舞台的事。她想去草本农场应该也是同样的原因。"如果在伊知道我误会了她，该有多无语啊。她肯定会不高兴，也不会来找我帮忙。"想到这儿，巴乌决定使出浑身解数帮助在伊，也算是弥补一下对她的歉意。可尽管如此，巴乌心底依然涌动着难以名状的遗憾和失落。"她让我以后给她一颗天竺葵，难道这也只是一句客套话吗？"

巴乌看着花盆里那些看起来更像是木棍的天竺葵茎干。

第五章

试镜

她在燃烧自己的热情，
为了梦想而努力。

米尔把自己开始上补习班的事最先告诉了素熙。素熙跟米尔说，自己班里准备考广播表演系的朋友还去参加过TV试镜节目，建议米尔也去积累一些经验。可是，米尔的妈妈对米尔这看似临时抱佛脚的梦想始终半信半疑。

“因为你说想这样做，所以我才让你去上补习班，让你看看是不是真的想走这条路。你暂时先上到放假，如果觉得这条路不行就安心学习。你不是很喜欢首尔的大学吗？如果还是这样的成绩，考那里的大学可是连想都不敢想。”

“我现在还是初中生，干吗总是提大学啊？”

米尔的声音里夹杂着不情愿。妈妈拿成绩来挖苦她，是因为爸爸。

初一快结束时，爸爸联系过米尔，说很想她。在那之前，米尔一直拒绝见爸爸。

“我之前让你上大学之前不要见爸爸，现在看来是我想得不周到。这次放假的时候去见见你爸爸吧。”

“不去，我恨爸爸。”

米尔绝对不能原谅已经成为其他女人丈夫的爸爸。她想惩罚爸爸，让他永远见不到自己的女儿。

“你这也算是由爱生恨吧。既然还爱爸爸，那就去见见他，别再恨他了。你现在的成长还离不开父母的爱，不能和自己的爸爸这样生分。如果没有爸爸则没办法，既然有爸爸，这样一直不见面，心里怨恨他，好像不是什么好事。”

“妈妈，你不恨爸爸吗？他和别的女人一起生活，你难道不生气吗？！”

米尔无法理解自己的妈妈。

“我们又没什么感情，要那样干什么？我根本不在乎。我们两个不合适，你爸爸和我一起生活应该也很辛苦，我只希望他能过上好日子。”

妈妈原本像外国电影里的女人一样装得满不在乎。可米尔从爸爸家回来后，妈妈狂轰滥炸般问了很多事情。看着这样的妈妈，米尔觉得她既可爱又可怜。米尔并没有像想象中那么恨爸爸，和爸爸的新妻子相处得也并不糟糕。对此深感歉意的米尔为了照顾妈妈的情绪，只抱怨了一些让她很不满意的事。

“这些你得体谅，你爸爸也有他的苦衷。”

“她对丈夫前妻的孩子能多么疼爱啊，这样就已经很不错了。”

听到爸爸担心在农村上学的米尔的未来，原本让米尔体谅爸爸的妈妈却突然爆发了。

妈妈给爸爸打电话威胁他，如果他再让孩子对自己生活的地方产生如此消极的想法，就再也不让米尔见他了。后来，妈妈聊到大学的事，就开始催促米尔。妈妈照顾不好米尔，还指望女儿自己努力，对前夫横加指责。如今，女儿终于找到了新的梦想，可妈妈非但没有为女儿开心，反而给她泼了冷水。米尔觉得妈妈完全不近人情。

“上完初中考高中，上完高中考大学。怎么？大学生是突然从天上掉下来的吗？总之，去上补习班时，好好考虑一下这条路适不适合自己。”

“妈妈，你怎么这么不相信自己的女儿？我之所以去补习班，不就是因为感觉这个专业很适合自己吗？！”

米尔勃然大怒。事实上，米尔早就在稀里糊涂开始准备的艺术高中入学考试中感受到了挫败感。她本以为首都圈的学校比首尔的学校好考一些，没想到竞争也很激烈。虽然米尔很有天赋——这也有可能是补习班的校长不想失去学生的客套话——但实力还远远赶不上补习班的孩子。比起招生学校较少的音乐剧系，校长建议米尔先报考话剧电影系或实用音乐系，考上大学再专攻音乐剧。和长辈们聊起来，最终都会归结到“上大学”。米尔也很茫然，不知道自己应该以考上大学为目标，还是以实现梦想为目标。不管为了什么，如今时间紧迫，米尔一想到现实，心里就焦虑不安。她觉得这一切都怪妈妈，因为比起女儿的未来，妈妈更在意地区居民的健康。

准备艺体类考试的学生有很多从小就在父母的带领下开始学习。想进入艺术圈的孩子不顾父母的反对，甚至离家出走的故事早就是过去式了。最近，如果发现孩子有才华，父母会更加积极。下课后，来接孩子的车都会在补习班前排起长队，由此可见一斑。而米尔的妈妈所能做的只是到诊所前的车站接米尔。有一次，米尔蹭补习班朋友家的车，一直坐到了车站。

“如果真有热情，就要一个人去很远的地方上课。有这种意志才能成功。像你这样脆弱的精神状态根本没戏。”

米尔不知道朋友爸爸这样说是在夸奖米尔，还是在训斥自己的女儿。在她听来，自己住在乡下的事让他很瞧不上。

长途跋涉地上课很辛苦，实力也落在下风，虽然压力重重，但补习班的课程从身体训练开始，再到系统地学习唱歌和演技，这比学校的学习更有意思，更能集中精力。最重要的是，为了按时去上补习班，米尔可以省略放学的流程，这让她感觉自己更加与众不同。

米尔的爸爸得知这一消息后，表示暑假期间会在首尔的补习班给米尔报一个假期专题讲座。这完全出乎米尔的意料。多亏了爸爸，原本只到放假之前的补习班又延长了一个月。她所在的市里的补习班只有一名学生被录取，首尔的补习班却完全不一样，加上考入大学的学生，最终被录取的足足有几十个人。米尔觉得，听完了假期专题讲座，自己的名字应该也可以风风光光地进入弹窗里的录取学生名单。

虽然妈妈有一个附加条件，米尔的补习班只能上到放假前，但妈妈还是欣然支付了昂贵的费用，再加上爸爸给米尔报的假期专题讲座，整件事情还算顺利。不过，现在的问题是米尔的经验。别的孩子参加过各类比赛，也获得过很多奖项，可米尔别说获奖了，就连自我介绍材料中都没有一段像样的经历。她需要有一个东西来证明自己：即使身处文化氛围并不浓厚的环境，她也在燃烧自己的热情，为了梦想而努力。

就在这时，学校的话剧社团发布了试镜公告，仿佛就是专门为米尔量身定做的，而且剧目竟然是莎士比亚的《仲夏夜之梦》。比起不为人知的原创剧，出演这种闻名世界的作品可以让自我介绍材料增添浓墨重彩的一笔。或许是话剧社团成员的实力都不是很出色，所有角色都要通过试镜来选拔。只要出演话剧，米尔就可以把这段经历写进自我介绍材料里。如何“包装”这件事全在自己，因此就算是配角也没关系。虽然米尔很不情愿在在伊面前参加试镜，但为了达到目的，她决定暂时收起自尊心。

话剧社团“乌合之众”不是涵盖在正规授课计划中

的专项活动部门，而是在伊在初中二年级亲力亲为成立的社团。她不仅是编剧，还担任导演，在话剧社团的权威和影响力可见一斑。米尔想到之前对在伊的所作所为，心里有些过意不去。

在伊招募社团成员，邀请顾问老师，获得了学校的许可。在整个过程中，米尔对她的态度并不友好。米尔还在背后说过她的坏话，说她喜欢抛头露面，不过是个爱出风头的“显眼包”。去年，在伊的社团表演的是《梦想的星星们》，米尔曾经嘲笑他们的戏剧简直一团糟。（当时的舞台和成员的演技确实很糟糕。公演宣传册的简介中虽然写着“乌合之众，精彩纷呈”，演出效果却让社团名称“乌合之众”更加名副其实。）

其实，米尔对在伊的态度刚开始不是那样的。得知在伊来自首尔，米尔甚至对她产生了一种特别的感情，至少在得知在伊搬来的理由之前确实如此。她知道在伊肯定有一些痛苦的经历，活泼的外表就是为了隐藏内心的痛苦。米尔曾经紧闭心扉，浑身是刺，可她觉得在伊更可怜。因此，当有关在伊的谣言满天飞时，她会想方设法地袒护在伊。然而，在伊并不感激米尔，也没有把米尔当回事。米尔为了让在伊感受到自己和她处境相同，甚至会假装不经意地提到首尔，可在伊对此不屑一顾。

在伊很快就适应了新学校，和同学们也相处得很融洽。这样一来，同学之间便开始传言，说米尔明明比在伊在首尔待的时间更短，却还装作自己是城里人。在伊得知关于自己的谣言后，反而觉得很有趣，并把转学理由告诉了大家。

“哇，原来谣言就是这样传出来的啊。我们搬家来这里，是因为我和妹妹有过敏性皮炎。你们不会认为过敏性皮炎会传染吧？不会的，大家别担心。你们看，我们搬过来还不到一个月，已经好多了。”

在伊卷起袖子，露出了一些红斑伤疤。见她如此坦率，那些不好的谣言顿时消失不见，大家对她一下有了好感。不过，米尔却对在伊有了距离感，甚至产生了一些反感。在伊的境况和那些因为父母的事而被牺牲的孩子恰好相反，她的父母甚至为了两个女儿而辞掉工作，搬到了这里。在伊之所以能毫无顾忌地暴露自己的弱点，正是因为有这样的父母。

在伊的爸爸之前在广告公司上班，妈妈是翻译家。教师节那天，他们曾作为名誉教师来过学校，在职业探讨课上还被邀请担任讲师。在伊的爸爸作为名誉教师来学校时，有个学生问他为什么辞职，他回答说：“和家人一起生活比赚钱更重要。”听到“那你们怎么生活？”的提问，他说会当一名自由职业者，虽然收入不如上班的时候，但现在生活费用也减少了，所以这根本不是问题。

在伊的家就是米尔梦想中家庭的样子。如果爸爸和妈妈没有离婚，现在还在一起生活——那样米尔便不会在这里上中学——爸爸也会在米尔和同学们面前谈论关于摄影的事。那样的话，她便是拥有受人尊敬和信任的诊所所长妈妈和艺术家爸爸的姜米尔。可是，这种幸福被父母夺走了。本以为已经消失的刺猬重新出现，再次竖起尖刺，扎进米尔的内心。感觉米尔已经过了青春期而松了一口气的妈妈又开始陷入了痛苦。

不过，并不是所有的学生都喜欢在伊。那些名列前茅的学生很妒忌这个强有力的竞争者。米尔虽然成绩落后，但好胜心强，自然而然地加入了他们的行列。

从初二的修学旅行开始，在伊对待巴乌的一举一动便进入了米尔的视线。当时，他们去南原市开展了三天两夜的修学旅行。期间，在伊一直在巴乌身边徘徊。人气王在伊不可能对像巴乌这种毫无存在感的男生感兴趣。米尔觉得，在伊这样做，要么是在想办法刺激其他男生，要么是因为巴乌好欺负。

修学旅行回来后，在伊用假装很熟的样子接近米尔。然后，她故作不经意间提起巴乌，东拉西扯一番后说道："听说他在妈妈去世后得了失语症。"

米尔闻言，立马为巴乌"两肋插刀"。

"他没得失语症，是选择性缄默症，而且现在已经好了！"

"选择性缄默症？还有那种病？我第一次听说呢。"

"我也是第一次见有人得过敏性皮炎。"

心情不爽的米尔没好气地挖苦在伊。

升入三年级，米尔在一班，巴乌和在伊分到了二班。他们两个人都不在眼前，米尔乐得自在。申请研学活动时，话剧社团部长在伊莫名其妙地挑选了草本农场。米尔这才发现，在伊对巴乌真的很感兴趣。如果在伊下定决心出手，单纯的巴乌肯定会"束手就擒"，而且过不了多久就会被她甩掉。为了让"巴乌本想去草本农场，却因为自己而选择了音乐剧"之类的话传入在伊的耳朵，米尔故意告诉了话剧社团的智秀。在伊不知道素熙的事，肯定对这些话深信不疑。结果，情况一下荒诞起来，她和在伊因为巴乌而形成了“三角关系”。她也不得已成了在伊的“情敌”。这世上有在情敌面前光明磊落的人吗？

“啊，我真是要疯了！”米尔有些崩溃。

人生真是变化无常。米尔随意选择的音乐剧给自己的生活带来了很多波折。结果，为了在自我介绍材料中增加演出经历，她如今不得不在厌恶的在伊面前好好表现。

为了准备试镜，米尔上网搜索《仲夏夜之梦》，发现剧本足足有五幕，而且背景复杂，登场人物也很多。有一个专门为青少年设计的剧本，但听说好像是在伊改编的。米尔因此心潮起伏，担心剧本像去年一样粗糙，但如今更重要的是出演话剧的经历，因此她的目标是让自己的名字出现在宣传册上。

话剧社团有十二名正式成员，因为在伊而加入社团的男生算是“工作人员”，而女生中大部分演员的演技显而易见。米尔感觉自己就像一个失望的求职者，本以为是一家大企业，心情忐忑地报了名，去了却发现只是一家小卖店。看到在伊端着部长的架子，和其他负责人员并排坐在一起，米尔不禁嗤之以鼻。这时，在伊向米尔询问申请出演话剧的动机。

“那个，其实，我一直对这方面很感兴趣。如今马上就毕业了，我想和朋友们留下一点美好的回忆……”

如果说自己这样做只是因为入学考试，可能会被扣分，所以米尔没有实话实说。“不过，这有什么了不起的，我怎么紧张成这样？”米尔觉得很伤自尊心。

“你想演什么角色？”

米尔当然想演主角，可她觉得在伊应该不会选她，便挑了主角母亲的角色。米尔读了读社团成员分发给她的试镜台词。说实话，和其他演戏就只会念台词的同学相比，米尔的实力明显更胜一筹。看来上补习班确实很有意义。“哇，你的实力真不是盖的。”“真厉害啊。”

不绝于耳的赞扬声让米尔有些得意。她悄悄环视了一下，却发现在伊皱着眉头。

“她原本肯定是想神气地把我淘汰掉，现在应该很苦恼吧？要是不想毁掉自己的话剧演出，就非选我不可。”米尔瞬间感觉自信心爆棚。

“听说你在上音乐剧补习班？”

听到在伊的话，米尔就像自己的秘密被泄露了一般，悄悄瞥了智秀一眼。事实上，这是众所周知的事。

“我才上了没多久。”米尔回答道，希望自己能有机会一展歌喉。

“你能唱首歌吗？什么都可以。”

米尔早就选好了动画片OST（原声带）。为了炫耀唱功而硬要唱很多高音的歌曲，很有可能会翻车，于是，她选择了一首音调较低的歌。米尔缓解着内心的紧张，正要投入歌曲中时，却见在伊摆了摆手，让她停了下来。米尔有些沮丧，似乎刚刚并没有展现出自己真正的实力。

“我本来唱得比现在更好。”

试镜结束后，在伊和话剧社团的负责人员开了个会。其他同学打打闹闹地毫不在意，只有米尔像是来参加著名试镜节目一样在等待结果，既紧张又忐忑。从客观上来讲，米尔的表现首屈一指，可她之前对在伊的态度让她有点担心。

此次演出需要五名男演员，三名女演员，但实际情况恰恰相反，来试镜的女生有五名，而男生只有三名。如今没有其他演员，就算有也不能保证演技会更出色。因此，必须由两名女生来饰演男生的角色。在伊表示，她要把剧中的男主角拉山德和狄米特律斯交给女生来演，三名男生饰演奥布朗、浦克和狄米特律斯的父亲。剩余三名女生分别饰演女主角赫米娅、海伦娜和赫米娅的母亲。

米尔拿到的是男主角拉山德的角色。饰演女主角赫米娅的是一个二年级的女生，比那个女生个子矮一些的米尔竟然要饰演拉山德，这完全出乎她的意料。

“我把拉山德设定为了歌手，米尔最合适。”

“可赫米娅个子更高啊。”

听到这句话，在伊一脸决然地说道：“大家要放下男人必须比女人高的偏见。姜米尔，你要认真研究剧本，让大家好好看看，就算男主角比女人矮也很帅气。听到了吗？”

在伊浑身散发着领袖的魅力。米尔下意识地点了点头，可不知怎的，她感觉好像上当了。

米尔拿到了剧本。在伊表示，期末考试之前要每周排练两次，期末考试结束后每天都要在一起排练。第一次排练之前，背熟台词是最基本的要求。这场演出既不给钱，也和成绩无关，但大家都乖乖地听从在伊的安排。身处这样的氛围，米尔自然也要融入其中。

在伊分发剧本的那天，曾这样说过：“在原著中，这场梦就像是一场闹剧，我把它的主题诠释成了我们所拥有的希望和未来。要想实现自己的梦想，必须有如仲夏般的热情和披星戴月的努力。了解了这样的创作主题，对你们塑造角色应该会更有帮助。”

给社团取名字，从作品中提取主旨，看来在伊在创编方面确实才华横溢，简直就是个“鬼精灵”。接着，在伊单独对米尔说道：“拉山德在话剧中演唱的歌曲还没有定下来，我会考虑一下，你也找一找适合演出氛围的歌曲吧。传统歌谣、流行歌曲都行，音乐剧选段、OST也可以。”

就算看不惯在伊，米尔也打算先放下一切，钻研一下剧本。虽然剧本里有幼稚、尴尬的场景，但剧情设计很搞笑，也有很多有意义的台词，整体来说还算有趣。剧本基于古典风格而创作，却呼应了当前的社会现实，很容易让人产生共鸣。让米尔深感意外的是，作为渲染话剧主旨的人物，拉山德是其中最有魅力的角色。米尔真的没想到在伊会把这么重要的角色交给她。

“她这人倒是公私分明。”米尔嘀咕道。

虽然身边无人，她还是努力压抑着自己的笑容。

第六章

紫罗兰

巴乌觉得这两个小时过得就像二十分钟一样快。

昨天夜里下过雨，素熙家的前院到处乱糟糟的，巴乌的秘密花园也一片狼藉。虽然巴乌之前建好了排水渠，但围墙上的泥土倒下来砸在了花坛上。让巴乌最伤心的是被毁掉的紫罗兰花坛。

紫罗兰是这次话剧演出的必备之花。在伊让巴乌看一下电影《仲夏夜之梦》，说这样会有助于他打造演出舞台，还把关于紫罗兰传说的链接发给了他。

据说，爱情之神丘比特爱上了一个神的侍女。丘比特向田野里的侍女射出了爱之箭。没想到，射偏的箭没有射中侍女，反而射中了侍女旁边的紫花地丁。受伤的紫花地丁里诞生出了紫罗兰。读完这些内容时，巴乌收到了在伊的消息。

在伊：据说紫罗兰的花语是思念。

巴乌昨天晚上还看了电影《仲夏夜之梦》。在以莎士比亚的戏剧为基础创作的电影中，紫罗兰被用作关乎爱情的灵丹妙药。精灵王奥布朗施了魔法，如果在人的眼睛里滴入紫色的紫罗兰花汁，便会爱上睁开眼睛时看到的第一个异性；如果滴入白色的紫罗兰花汁，人便会恢复原来的样子。整个剧情是因为滴错了花汁而引起的一场闹剧，可见紫罗兰在剧情中的作用有多重要。

当紫罗兰出现在电影中时，巴乌既开心又兴奋，就好像身边熟悉的人作为演员出现在了荧幕中。他一下想到了为这个话剧培育的紫罗兰。他心潮澎湃地看着电影，想象着用亲自培育的紫罗兰装饰舞台，却怎么也没想到秘密花园在一夜之间变得一片狼藉。

巴乌小心翼翼地清除土堆，扶起砸倒的花茎，擦掉花瓣上的泥土。他没有意识到自己的全身已经湿透，也不知道这样待了多久。如果雨一直下，花的根部会腐烂，还可能引起病虫害，对此他忧心忡忡。

无论环境多么恶劣，世界上的植物都会竭尽全力开花结果。等秋天一过，也会毫不吝啬地凋零。一直以来，巴乌并不觉得自己是庭院的主人，他只是一个助手，见证着植物用死亡延续生命。可是如今，他觉得自己没有尽职尽责，心里难过极了。

回到家后，巴乌脱下雨衣，挂在屋檐下的绳子上，走进屋里。刚刚在庭院，雨水钻进雨衣里，他的头发和衣服全湿透了。

“下着雨呢，你一大早去哪儿了？”

在檐廊上的爸爸一脸不耐烦地看着巴乌。

“我去素熙家了。”

巴乌用毛巾擦了擦身上的雨水，觉得父亲根本就是在明知故问。

“那怎么不接电话？”

“我没带。”巴乌没好气地回答道。

“快吃饭吧。”

巴乌和爸爸面对面坐在餐桌旁。因为下雨，爸爸有了一点空闲时间，做了各种各样的小菜。和过去相比，爸爸做菜的手艺有了很大进步。自从一直给他们准备小菜的素熙奶奶去世后，爸爸的做饭水平好像一下子突飞猛进。辣炒猪肉香飘四溢，加入海带和黄瓜制作的冷汤很爽口，前几天腌制的小萝卜泡菜也很入味。虽然一片狼藉的庭院让巴乌很伤心，但或许是因为消耗了太多体力，今天的饭菜让他很有食欲。他突然觉得自己胃口大开。

当即将秋收的水稻被席卷世界的台风全部刮倒时，爸爸却依旧一脸淡然。一年的辛劳付诸东流，爸爸却和往常一样平心静气地吃饭。巴乌当时并不理解。

“一年的农活白干了，本来就很委屈，如果再饿肚子，那不就更亏了吗？人当然要吃饱饭，打起精神来干活，如果自己倒下了，水稻能自己爬起来吗？”

巴乌也用那样的心态暗示自己，狼吞虎咽地往嘴里塞的米饭还来不及咀嚼就消失在了喉咙里。

“马上就要上高中了，要好好学习，天天去别人家的院子，要到什么时候啊？”

爸爸还是说出了这句话。

“我的期末考试成绩没有下降啊。”

“不下降就知足了？在村里的学校考得再好也没

用。就算在这里考全校第一，上了高中也只能给市里的那些学生当垫脚石。而且，小城市的学生也追不上首尔的学生。”

随着自己朋友的孩子陆陆续续地升入高中或大学，巴乌爸爸的消息越来越灵通，对巴乌的学习也越来越唠叨。爸爸上学时从来没有名列前茅过，见巴乌在初三年级所有学生中名列前十名，他感到很满意。

“必须上大学吗？”巴乌冷不丁地问道。

“什么？不上大学干什么？”

面对爸爸的质问，巴乌无话可说。因为他确实没想过不上大学到底要做什么。他上小学时想当一名画家，对利用美术来治疗心理疾病的事也很感兴趣，可后来慢慢地不了了之了。

“我没什么特别想做的。”

“那就先努力学习，再慢慢考虑。”

爸爸结束了话题。

负责收拾厨房的爸爸去洗碗，巴乌也准备用洗衣机洗衣服。近来雨水不断，脏衣服堆积如山，连换洗的衣服都没有了。脱下来的衣服开始散发异味，再也不能继续拖延了，就算用风扇吹也要吹干。

巴乌走进房间，寻找要洗的衣服，看了一眼桌子上的手机。爸爸说给他打过电话，手机里果然有两个未接来电。话剧社团的聊天群里也有很多留言。一直以来，巴乌只是在聊天群里看大家聊天。他不是正式的社团成员，随便插话有些尴尬，更何况他根本无话可说。

巴乌打算做完家务再一一查看，便没有确认内容。他身上的衣服已经被自己的体温烘干了，但既然要用洗衣机，他便换上了一件因为太小而准备扔掉的衣服，整个人的模样有些滑稽。当巴乌抱着一堆换下来的衣服走出来时，洗完碗的爸爸问道：“我要去看看稻田的水口，去趟面里，你有什么想吃的，或者需要的吗？”

“洗衣液快用完了，洗发水也没剩多少了，再帮我买点麦片当早餐吧。”

“知道了，我得到晚上才能回来，自己记得吃午饭。还有其他要买的东西，就给我打电话。”

爸爸走后，巴乌先用洗衣机清洗颜色鲜艳的衣服，然后开始打扫卫生。爸爸之前曾经一个人干所有的家务。他常常将衣服和毛巾一起扔进洗衣机，所以每件衣服都会沾上白色灰尘，脱水后还会忘记及时晾晒，衣服也皱巴巴的。有些衣服因为缩水或者染色，只能扔掉。

巴乌小时候不懂得打扮，给什么衣服就穿什么衣服，可从小学五年级起，他便开始在意自己的着装。于是，巴乌提出自己洗衣服。等他上了初中，爸爸便把打扫卫生的家务也慢慢地交给了他。

巴乌把晾衣架放在檐廊上，把衣服整理好后，打开了两台电风扇。瞬间，衣服就像活过来了一样飘动起来。接着，巴乌将毛巾和内衣放进洗衣机，启动清洗后拿起了手机。在伊给他发来了消息："干吗呢？""看电影了吗？"

电影的影像风格很华丽，再加上观看时和在伊改编的内容加以对比，巴乌感觉整个电影非常有趣。在伊竟然将复杂的内容改编得如此简洁、精彩，这让巴乌很是惊讶。在伊把众多登场人物缩减到八名，删除了电影中的戏剧场面和精灵世界。对负责舞台装饰的巴乌来说，这虽然是件好事，但也有一丝遗憾，因为精灵们的故事比人类的故事有趣多了。

经过在伊的改编，策划这场闹剧的主犯——精灵王奥布朗和他的侍从——淘气精灵浦克化身为利用紫罗兰花汁制作爱情妙药的魔法师和助手。因为爱情妙药的阴错阳差，展现了人类丑陋面貌的两对恋人——赫米娅和拉山德、海伦娜和狄米特律斯也遵循心意选择了爱情和梦想。

在话剧中，人们的内心想法都需要用语言表达出来，因此会有很多肉麻的台词。尤其是拉山德的台词——再加上米尔的演绎——巴乌感觉手和脚仿佛都蜷缩成了一团。刚开始，看到在伊让说过自己坏话的米尔饰演男主角时，巴乌觉得在伊很有格局，可看到剧本后，他反倒感觉在伊或许是在故意整米尔。

庆幸的是，剧本里不仅有肉麻的台词，还夹杂着一些当下流行的搞笑包袱和电视剧片段的恶搞台词，还有几个将在伊的才华彰显得淋漓尽致的场景。最令巴乌印象深刻的是，爱情妙药的使用对象和原著剧情截然不同，在伊没有针对主角，而是将其用在了想让孩子政治联姻的赫米娅父亲和狄米特律斯母亲身上。赫米娅的父亲是企业家，狄米特律斯的母亲是政治家，他们想让双方的孩子结婚，同时坐拥财富和权力。这两个人代替自己的孩子“喜结连理”，这样荒诞混乱的结局肯定会让观众捧腹大笑。

巴乌负责舞台装置，因此对舞台背景格外关注。电影的背景可以自由切换，但在话剧中，主角们为了寻找爱情和梦想而前往的森林是主舞台。像办公室、家这样的背景可以在森林旁边放两三张桌子和椅子，加一个照明即可。在伊想用真正的植物来装饰象征着爱情、梦想和自由等主题的森林，让舞台清新灵动、生机勃勃。电影里的森林也打造得像布景地一样，给了巴乌很多参考。

他回复了在伊的消息。

巴乌：对不起，刚刚在忙别的事。

在伊立马回信了。

在伊：忙什么呢？

巴乌：没什么，就是瞎忙……

不知为何，刚刚做家务的事，巴乌竟然不好意思说出口。

在伊：你看电影了吗？

巴乌：嗯。

在伊：怎么样？

巴乌看完电影后感触良多，可在伊问他的感想时，他满脑子都是电影里的激情场景，脸上火辣辣的。这部电影禁止十二岁以下人群观看，限制级别并不高，但一想到在伊也看过，巴乌便觉得特别“少儿不宜”。因此，他无法评价出“很有趣”这三个字。

巴乌：还不错。

在伊：奥布朗的森林，是不是很梦幻啊？

巴乌：嗯。

在伊：你找到灵感了吧？

巴乌：找到了一些，不过还是很担心。

在伊：担心什么？

巴乌：要想营造出茂密森林的感觉，用葛藤或金银花藤应该更好一些。

在伊：哦，好主意。

巴乌：这些需要提前裁剪好，可我担心那样会枯萎。

在伊：是啊，可以用花篮里的那种吸水海绵吗？

巴乌：花泥？

在伊：那东西叫花泥？

巴乌：我也不知道它的专业名称，但我听学校的大叔这样叫过。

在伊：对花来说，那确实是花泥，特别贴切！

巴乌：我要先用花泥做一下实验。

在伊：好。

巴乌：用学校的高大花盆来营造树木的氛围应该不错，但这估计得经过学校允许。

在伊：这件事交给话剧社来办。

巴乌：还有，像电影里那样，在舞台上放一个楼梯怎么样？

在伊：好啊！

巴乌：学校里有移动式楼梯。

在伊：OK，要是有楼梯，利用率应该很高。

聊天暂时中断了，虽然只有几秒钟的时间，但巴乌感觉特别漫长。

在伊：看完电影，是不是觉得我的剧本差太远了？

看到在伊的问话，巴乌立刻回复。

巴乌：哪有啊，很有趣，太神奇了，你怎么想到把电影改编成话剧的？

巴乌看电影时便一直好奇这个问题，现在终于有机会问出了口。巴乌觉得这样聊天比面对面说话更舒服、更自在一些。

在伊：我上初一时看过《死亡诗社》这部电影，里面就有高中生把《仲夏夜之梦》改编成话剧的场景。

巴乌：原来如此。

巴乌连这部电影的名字都没有听过。

在伊：电影里饰演浦克的那个人自杀了。

巴乌：为什么？

在伊：他爸爸不让他演话剧。

巴乌：呜呜。

在伊：看了那部电影，我便迷上了《仲夏夜之梦》，书、电影，包括古典电影，总之，我都翻遍了。

巴乌：好厉害啊。

见同龄人在伊有这样的热情和毅力，巴乌深为惊讶。别说热情和毅力了，自己对这些几乎是一无所知，巴乌有些自惭形秽。

在伊：什么？

巴乌：你看了电影竟然能做到这种程度。

在伊：我一旦认准了就不会放弃。嘻嘻，你不是也一样吗？

巴乌：嗯？？？

在伊：你对植物很感兴趣，还加入了园艺社，在温室里培育植物。我还是第一次见你这样的男生呢。你怎么会对植物感兴趣的呢？

突如其来的问题让巴乌有些慌张。

巴乌：其实也没什么，我身边全都是植物。

在伊：大家都一样。

巴乌：你怎么想到要成立话剧社的？

巴乌一下转移了话题。

在伊：这就说来话长了，我还以为乡下的学校和首尔的学校不一样呢。

巴乌：这里的学生很少，肯定不一样啊。

在伊：不是这个意思，我以为这里的学生会在大自然里冒险，天天开心，生活得很有趣。原来爸爸骗我，他说搬过来就会那样。

巴乌：呜呜。

在伊：来到这儿才发现，一放学就去补习班，和首尔一样。

巴乌：呜呜呜。

在伊：所以我才成立了话剧社，就是为了让学校生活丰富一点，话剧社的名字也是根据这个想法起的。

巴乌：你本来就对话剧很感兴趣吗？

在伊：我妈妈喜欢话剧，带我去看过很多演出。我亲自尝试也就是在去年吧？

巴乌：去年的话剧也是你创作的？

在伊：不是，我用的是现有的剧本。一想起那个时候，我就觉得一团糟，很丢脸。

巴乌：呜呜呜。

在伊：嘻嘻，连句安慰的话都不说啊。我当时就下定决心，一定要做好最后的演出，这样就算毕业了，话剧社也不会取消。从那时候开始，我便一边看关于话剧的书，一边改编剧本。虽然看起来不咋样，但也花了一年时间呢。

巴乌：真厉害，你以后会往那个方向发展吗？

巴乌想起了吃饭时他爸爸说过的话。

在伊：我不知道，我想做的太多了。

巴乌：你想做什么？

在伊：我还想当电视台PD（制作人），想写剧本，想成为旅行作家。你呢，想做什么？

巴乌早该料到这个问题会回到自己身上。说实话，巴乌只想一边打理庭院，一边生活。可是和在伊的梦想相比，他这样说显得太寒酸了，还不如说自己还没有想好呢。

巴乌：还没想好……

巴乌后来又和在伊聊了很久。话题渐渐地从话剧、舞台设计转换为日常琐事。这些年，就算是发消息，巴乌也从来没有和别人，尤其是和女孩聊过这么长时间。他和爸爸通常都是聊正事，和每天忙忙碌碌的素熙聊天时也一样。因此，和在伊聊天的过程中，巴乌一直心潮澎湃。

在伊说要和家人一起去市里看展览会，不过并没有结束聊天。巴乌也觉得意犹未尽，无法退出聊天界面。

在伊：我现在真的要退了，呜呜，和家人在一起时不能玩手机。真不知道我为什么做出那种傻乎乎的承诺，呜呜。

巴乌：嘻嘻，一路顺风。

在伊：等以后再聊聊舞台的事吧。

和在伊的聊天结束后，巴乌有一种仿佛从精灵们居住的奥布朗森林里走出来的感觉。走出森林，巴乌才发现在伊关心的似乎只有话剧。“你希望她关心什么啊？”巴乌想到这儿，猛地站起来，走向了客厅。设定了两个小时的电风扇已经停止了转动。见衣服还很潮湿，巴乌又重新打开了电风扇。“我竟然和在伊聊了两个多小时？！”巴乌觉得这两个小时过得就像二十分钟一样快。

雨越来越小，渐渐地变成了烟雨。被雨沁润的世界氤氲朦胧，俨然就像一幅彩色蜡笔画。巴乌打开客厅的窗户，坐下来，重新浏览了一遍和在伊的聊天内容。除了话剧舞台的事，巴乌发的消息只有像傻瓜一样的感叹，还有对在伊的附和。“我这样无知，口齿又不伶俐，她不可能喜欢我的。”巴乌暗想。米尔之前跟巴乌说过一些话，虽然他嘴上否认了，但那些话一直萦绕在他的心头。

确定好角色后，导演小组、演员和指导老师曾经聚过一次。得知巴乌是此次演出的工作人员，米尔很是震惊。见米尔参与话剧演出，巴乌同样很惊讶。随着天气越来越暖和，巴乌骑自行车上下学，米尔则是坐公交车，再加上他们不在同一个班，因此很少见面。米尔去市里上补习班的消息，还是巴乌从他爸爸那里听说的。不过，巴乌早就知道米尔并不喜欢在伊。

从一开始，米尔只要一有空就说在伊的坏话，还让巴乌支持她。每当那时，巴乌都会很为难，只能解释说自己不是很清楚。“在伊今天说这说那的，是不是很讨厌？”“在伊刚才那副样子，就是在自以为是，对吧？”听到米尔这些话，既没亲眼看到、也没亲耳听到的巴乌根本无话可说。米尔见状，便会跟巴乌闹别扭，一连几天都装作互不相识。

素熙离开后，如今只剩下巴乌和米尔两个人。原以为他们会更亲近，但事与愿违。米尔动不动就生气、闹情绪，之前从中协调关系的素熙不在，巴乌也不知道该如何应对，一直惶恐不安。巴乌的亲戚家只有哥哥或姐姐，连曾经最熟悉的素熙也比实际年龄看起来更成熟，他还是第一次和像米尔这样的孩子打交道。压力如山大的巴乌决定把米尔看作比自己小很多的妹妹。这样一来，巴乌对米尔的言行举止就不觉得那么别扭了。

“米尔和在伊背着我走得这么近了？或者，米尔在准备艺术高中期间对话剧产生了兴趣？”看着参与话剧演出的米尔，巴乌暗想。

聚会结束后，巴乌来到操场打开自行车锁时，米尔走了过来，让他载着自己回家。

“坐公交车要等两个小时。”

巴乌只是担心米尔会说什么话，骑自行车载她回家倒不是什么大事。见他点头，米尔立即坐到后座上，扶住他的腰。巴乌感觉腰部痒痒的，又像挂了一块铁一样沉重，踩着踏板向前驶去。原本闷热的空气化作一丝凉爽的风，拂过他们的脸庞。自行车很快就驶出了面里。巴乌小心翼翼地握着车把，躲避着地上的坑和碎石。

“那个，你怎么当工作人员了？”米尔探出头来大声问道。

“该来的还是来了。米尔让我载她回家，或许就是为了说在伊的坏话。”巴乌感觉自己又掉进了之前的陷阱里。可就算心知肚明，巴乌也无法拒绝。

“在伊让我帮她布置舞台。”巴乌回答道。

“如果米尔还要说在伊的坏话，我就直接跟她说‘你既然那么讨厌她，不演话剧不就行了？！’”巴乌暗想。

“傻瓜，我不是这个意思！”

啪啪，米尔突然拍了拍他的后背。巴乌手里的自行车把手晃动了一下。

“宋巴乌，你先停一下。”米尔喊道。

巴乌见状，莫名其妙地停下车。米尔从自行车上下来，走到巴乌面前，笑眯眯地倒退着往前走。巴乌也从自行车上下来。

“你小心点。”

“在伊想认识你，她想以布置舞台为借口，假公济私。”

巴乌早就因为这件事在心里一直犯嘀咕，甚至还让自己丢尽了脸。

“哪有什么借口啊。”巴乌气呼呼地说道。

米尔转过身，和巴乌并肩前行。

“你也太没眼力见了，在伊肯定是想一箭双雕。她已经关注你很久了，如果我的感觉没错，她应该是从去年开始关注你的。你觉得她怎么样？需要我帮你们两个牵线搭桥吗？”

“米尔好像不是在取笑我，可她还是那个一直说在伊坏话的米尔吗？”巴乌一脸茫然地看着米尔。米尔似乎察觉到了巴乌的想法，继续说道：“我以前确实觉得她很差劲，可了解后才发现，她好像没有那么坏。毕业之前你也多认识些朋友吧，我看在伊就很不错。”

“你不用管。”

巴乌的语气很决绝，和之前完全判若两人。

后来，在伊的一举一动都会时不时地落入巴乌的眼中。

巴乌对搬运大花盆的事很苦恼，可在伊一下就帮他解决了。听说在伊要找志愿者帮忙，男生们便争先恐后地站了出来。

“人缘这么好的在伊不可能会喜欢我的。”

巴乌喃喃自语，仿佛在给自己吃“定心丸”。

第七章

仲夏夜之梦

只有战胜困难得到的东西才真正属于自己。

“我感觉这首歌不太合适，与其选择专门为话剧创作的歌曲，还不如唱大众都熟悉的歌，比如《鹅之梦》，观众也都耳熟能详。”

在伊一下否决了米尔挑选的歌曲，给人的感觉像是压根不知道米尔所选的这首歌。这让米尔很伤自尊。

“《鹅之梦》倒是鸡鸭猫狗什么的都知道。”米尔嘲笑似的说道。

米尔原本想用观众不熟悉的歌曲来展现自己的唱功和底蕴。

“那也比只有你自己熟悉的歌曲好一些。拉山德唱歌的那一段是整部话剧的高潮部分。只有观众沉浸其中，产生了共鸣，那一段才算精彩，整部话剧才会圆满，还是再找找别的歌吧。”

在伊没有让步。见她对自己的意见置若罔闻，米尔掩饰不住满脸的不高兴。

在伊让米尔饰演男主角拉山德，米尔本以为在伊并没有想象中那么坏，可自从开始排练，在伊就在处处找碴儿。而且，她好像只针对米尔。不管是演员还是工作人员，在伊对其他人都是睁一只眼闭一只眼，而对米尔做的每一件事，她都会横挑鼻子竖挑眼。尤其是巴乌的意见，在伊都会无条件同意。巴乌得到认可，咧着嘴大汗淋漓地把花盆搬到这边，又挪到那边。话剧原本就是要“以假乱真”，他们却打算用真正的植物来营造森林的氛围，这样特立独行的举动有些好笑。

米尔似乎明白了在伊为什么让她演男主角。“她肯定是想让我饰演比女主角个子矮的男人，以此来制造笑柄。”想到这儿，米尔恨不得直接撂挑子，可暂且不论这段可以写进自我介绍材料里的经历，她已经跟素熙和爸爸妈妈炫耀过自己要饰演主角的事了，因此，她坚决不能放弃。米尔一番纠结后得出一个结论：唯一的办法就是好好表现，让在伊无话可说。为此，她拼命练习，甚至做梦都在说台词。米尔将剧本烂熟于心，不断深究台词的意义，渐渐地沉浸在了角色中。

不过，挑选拉山德要唱的歌曲一直是个难题。米尔选的歌曲，在伊不喜欢；在伊推荐的歌曲，米尔不想唱。社团里的一名成员说在电视上看过一场音乐剧，建议米尔唱里面的歌曲，名为《梦想成真的瞬间》。

“嗯，那首歌不错！一些试镜节目里唱过很多次，估计很多人都听过。”

米尔也知道，但那首歌是男人演唱的，她从来没有唱过。不过，用那首歌来演绎拉山德的心情确实是再合适不过了。

“我之前怎么就没想到这首歌呢？对了，你能唱吗？”

在伊没有说喜欢，而是用怀疑的眼神看着米尔。米尔见状，好胜心一下被激了起来，大声说自己没问题。

这样一来，歌曲总算定下来了，米尔可以全身心地投入练习。为此，她甚至连补习班都不去了。比起其他角色，她的台词更多，还要唱歌，所以会更忙一些。考

试结束后，同学们聚在视听教室里为演出做准备，那里的空调出了故障，所有人都大汗淋漓。包括在伊妈妈在内的家长们给大家买过饮料、面包、冰激凌等，米尔的妈妈却因为诊所工作忙，一次都没有来过。米尔曾经委婉地暗示过妈妈，可妈妈表示很抱歉，给了她一些钱。

“演出的时候你会来吧？你一定要来。”

米尔觉得这是一个机会，一个可以让妈妈不再怀疑自己这个新梦想的机会。

社团发布会在暑假前两天举行。各社团的部长通过抽号，排定了嘻哈、魔术、话剧依次表演的顺序。对话剧社来说，嘻哈和魔术只是热场，话剧才是正式演出。

“我们是最后出场，一定要表现得更精彩！”

开幕前，在伊满脸紧张地高喊着，为大家加油。演出的视听教室里人头攒动，连后面都站满了人。幸亏空调修好了，教室里并不是很热。

好戏终于开演了。只见演员们频频出错，工作人员的配合也失误连连，仿佛此前的所有练习和决心一下子打了水漂。前半部分就像原著里雅典的匠人们表演的话剧一样，蹩脚生涩，失误不断。（米尔也看过电影。在电影里，为了庆祝主角们结婚，雅典的匠人们自编自演了《皮拉摩斯与提斯柏》这部话剧，演员和工作人员的水平都相当幼稚。）不过，原著来自莎士比亚，即使话剧没意思，也能让观众捧腹大笑，但现实中并没有。视听教室里的观众也笑得合不拢嘴，只是他们的笑声里夹杂着嘲弄和戏谑。这不能只埋怨观众，演员之间毫无默契，表演杂乱无章，这样的演出怎么可能有趣呢？在这样的氛围中，就连画龙点睛的拉山德的台词也变得幼稚起来。剧中的人物都聚集在森林里，剧情迎来了高潮。

“我读过很多书，也看过很多电影，发现真爱之路从来都不是一帆风顺。通往梦想的道路亦是如此。只有战胜困难得到的东西才真正属于自己。我要用仲夏的热情和彻夜不眠的努力去收获爱情和梦想。”

米尔刚说完台词，观众席上就传来哧哧的笑声，其中还夹杂着模仿米尔说台词的声音。不过，米尔根本没时间思考其他伙伴的失误，也无暇顾及观众的反应。她要饰演好自己的角色，这份责任感让她集中精神，没有出戏。她自然也没有察觉到，只有她自己一个人认真演戏的情形让她在台上显得更加滑稽。这时，聚光灯一下照在米尔的身上。沉浸在戏剧里的米尔用歌声嘹亮地传递着台词中的感情。

“没有人知道，任何人都不知道，前面的路……”悲壮的歌声响起，观众席上的噪声渐渐平息。“即使那条路前途未卜，我也要向前迈步，向着路的尽头，向着我的爱情，向着梦想成真的瞬间……”米尔唱着歌，心底传来一阵战栗，仿佛这些歌词不仅仅是拉山德的心声，也承载着米尔自己的梦想。她练习时唱过上百遍，今天却是第一次起了一身鸡皮疙瘩。澎湃的歌声中散发出来的气息传递到其他伙伴身上。歌曲结束后，所有人都开始认真地演绎起自己的角色。演员一变，观众的反应也随之变化，话剧在这样的氛围中迎来了尾声。在最后几分钟里，米尔不仅与舞台上的演员融为了一体，和舞台下的观众也产生了共鸣，一股麻酥酥的感觉传遍她的全身。

常言道，“只要结局好，一切便都是好的”。这次的话剧演出可谓圆满成功。在观众的欢呼和喝彩声中，米尔感觉自己俨然成了一名真正的音乐剧演员。见结果超出预期，演员和工作人员都兴奋不已，就连巴乌也掩饰不住激动的表情。用高大的花盆和真正的花花草草打造的舞台虽然不知道发挥了多大作用，但为话剧演出增光添彩是显而易见的。校长表示，学校会提供大力支持，让大家多加练习，去参加青少年话剧节。

人们呼喊着包括米尔在内的话剧社成员们的名字，热火朝天地拍照，其中米尔最受欢迎。不管是学生还是大人，都纷纷向米尔竖起大拇指。米尔的心情就像乘坐着游乐设施飞向了天空，感觉自己已然成为音乐剧界的大明星。

“米尔你怎么演得这么好啊？这次的话剧让米尔给演活了，就跟专业演员一样。”一位阿姨对米尔的妈妈说道。

米尔的妈妈已经好久没有听到别人称赞自己的女儿了。米尔很高兴，欣慰地看着妈妈。她觉得自己的表现算是好好报答了妈妈的恩情，也相信妈妈会认可她的梦想。孰料妈妈却说道：“哎哟，什么专业演员啊？补习班交了那么多钱，演成这样是应该的。”

米尔感觉自己仿佛从高空的游乐设施上掉落下来，狠狠地摔在了地上。妈妈似乎完全无视米尔一直以来付出的努力，米尔既生气又委屈。不管出于什么目的，她从来没有像这次一样这么努力过。她很想质问妈妈：“难道你只会说这种话吗？”可话到嘴边又咽了下去。她马上就要去首尔上补习班了，这件事让她变得很宽容。补习期间她会离开这个家，所以她现在不想和妈妈吵架。

第二天，米尔开始收拾行李，准备去爸爸家。能去首尔上补习班已经让她很激动了，还能和爸爸一起生活一个月，这更让她满怀期待。自从和爸爸分开生活后，她和爸爸待在一起的时间最长也不过一两天。

妈妈拿来了洗好的衣服。米尔看到妈妈给她买了新的内衣和衣服，看来自己去爸爸家待这么长时间，妈妈还是很在意的。

“内衣要自己洗，好好收拾你的房间，还要假装去洗碗什么的。”

“洗就洗呗，假装什么？我会自己看着办的，不用担心我，你要好好吃饭。”米尔接过衣服，放进包里，平和地说道。

她很担心一个人生活的妈妈，又因为要去首尔很兴奋而感到很抱歉。不过，她很快就打消了这种念头。

“哎哟，我女儿懂事了，妈妈会健康开心地生活，你就放心去吧。虽然一个月也不会有什么翻天覆地的变化，但既然迈出了这一步，那就好好努力吧。”

听到妈妈笑着说的话，米尔心里很不是滋味。

“妈妈，你为什么总是这样说话？我现在还没开始呢，什么叫不会有变化啊？演出的那天也是这样。别人都夸我，你却在抱怨补习班的学费之类的。谁家的妈妈只想着贬低自己的女儿啊？”

米尔把那天咽下去的话一股脑全说了出来。

“那是你们所有人辛劳的成果，别人却只夸赞你，我觉得不好意思才那样说的。如果那些话让你伤心了，我跟你道歉。可是米尔，妈妈也在网上查过，有音乐剧系的艺术高中并不多，竞争很激烈。就算你有才华，还去首尔听专题讲座，可这不是准备几个月就能考上的。我怕你对这件事太过期待，以后会失望受伤。妈妈觉得，你最好先考一个普通高中，等积累一些经验再报考艺术高中。等你上了高中，好好考虑一下是否继续往这方面努力，然后再做决定。”

妈妈的话让米尔很无语。

“妈妈，我在收拾行李呢，这是你该对女儿说的话吗？别说给我加油打气、鼓励我了，反而说这些丧气话。你让我直接选人文系？妈妈，你希望我烂在这里吗？你就那么想把我困在这里吗？！难道什么都得依着你吗？！”米尔把本想装在包里的衣服扔到一边，大声喊道。

“你这是干吗？还有，什么叫只依着我啊？”妈妈强压着怒火问道。

“妈妈不想一个人生活，所以才把我困在身边吧？不管我的未来怎么样，你就只顾自己的想法，难道不是吗？！”

妈妈闻言，看着米尔的眼神有些闪烁，沉默了一会儿，长长地叹了口气，站起身走了出去。米尔既因为自己口无遮拦而满怀歉意，又因为说出了憋在心里的话而觉得痛快极了。

假期的专题讲座从下午两点开始，从周一到周五，每天上四个小时，其中三个小时是舞蹈、演技、唱歌等基础课程，剩下一个小时是一对一指导。到了周末，她也可以在开放的练习室里自由地练习到晚上十点。

补习班距离爸爸家有一个半小时的路程。虽然要换乘乡村巴士和地铁，但米尔一点都不觉得累。比起来回路上的辛苦，她更不想承认自己糟糕的实力。想起自己之前盛气凌人的模样，米尔深感惭愧。她来到补习班才发现，这里的孩子不仅实力出众，还无所不知。而且，不管是女孩还是男孩，每个人都白白净净的，看起来更漂亮，更帅气。米尔没有去避暑，身上被晒得黑黑的，夹在这些人中间，她觉得自己就像一只（永远都不会成为白天鹅的）丑小鸭。一想到自己说话时还会不经意地夹杂着方言的语调，米尔对妈妈的怨恨越来越强烈。

补习班的学生对米尔没什么兴趣。米尔只在这里待一个月，也不想交朋友。她每天都会被批评，和别人比较又感觉自惭形秽，渐渐地，她觉得补习班越来越没意思。“妈妈说得对，我还是不要期待自己能考上艺术高中。”可是，她更讨厌中途放弃，灰溜溜地回月田村度过剩下的假期，所以便闷着头坚持了下去。渐渐地，米尔成了一个实力不够，又不专心练习的“耍滑头”学生。只要一下课，她总是立刻离开补习班。

米尔去上的补习班位于蚕室洞，虽然周围很繁华，但自己一个人能做的事情并不多。她本以为来了首尔会经常和素熙见面，可素熙一放假就去澳大利亚参加英语夏令营，直到米尔要离开的前几天才回来。米尔觉得自己一个人很尴尬，去便利店吃晚饭、去网吧或者坐在咖啡厅的时候，她总是装作在等朋友。

她早就厌倦了每天在街上徘徊，可爸爸不在家，那个家很陌生，她不想早回去。爸爸的工作室晚上十点关门，爸爸过了十一点才能到家，周末更是忙得不见人影。而且，就像事先约好了一样，爸爸把和米尔有关的事情几乎全都推给了阿姨。米尔去补习班报到的第一天，爸爸也说自己约好了要去野外摄影，让米尔和阿姨一起去。

“我的女儿，现在都长成大姑娘了，我都不敢抱了。”

这是爸爸对时隔半年才见面的米尔说的话。米尔觉得爸爸好像在故意和她保持距离，心里很不是滋味。当然，她身边那些已经十六岁的朋友中，和爸爸有亲密接触的人并不多。可是，因为无法经常见面而对父爱的渴望、对佑妮的嫉妒、怨恨、补偿心理等情绪交织在一起，只要在爸爸身边，她总是会回到刚和爸爸分开时的十三岁。

假期快要结束了，可米尔依然觉得爸爸的家很陌生。她站在门口叹了口气，使劲按下门锁上的密码。

“回来啦？热不热？快去洗洗，我做了西瓜甜饮。”

米尔一走进屋，阿姨就迎了过来。西瓜甜饮是米尔最喜欢的夏季食物。她那会儿在便利店里吃的三角紫菜包饭都已经消化完了。她很想吃泡面，可不管是让阿姨给她煮，还是亲自煮，都要看人的眼色。洗完澡，米尔来到餐桌旁，只见餐桌上放着西瓜甜饮和蛋糕。她很想一个人吃，可阿姨和佑妮也坐在桌边。佑妮吐字不清，不停地嘟囔着。说实话，看不到佑妮时，米尔总觉得佑妮的影子在眼前晃动，也会觉得她很可爱，真正待在一起，米尔想善待她的想法却一下子消失了。米尔坐在餐桌旁，一言不发，旁若无人地吃着西瓜甜饮。阿姨做的甜饮里放了碳酸水，比淡而无味的“妈妈牌甜饮”更美味。

“米尔，你好像话很少啊，要是能和家人多聊聊就好了。”

米尔很想跟阿姨说：“我对阿姨没什么可说的。我和爸爸不说话是因为要看你的眼色，我不跟佑妮说话，是因为讨厌她。还有，家人？谁是我的家人？”话到嘴边，却变成了“我也不知道说什么”。这时，佑妮用手抹了一点米尔的蛋糕，放进了嘴里。米尔强忍着想把盘子猛地推到佑妮面前的冲动，静静地说道：“你，都吃了吧。”

“佑妮，你不能这样。米尔，我再给你一块。”

“不用了，我不太喜欢芝士蛋糕。”

阿姨连问都没问就直接把蛋糕放在了桌上，米尔觉得她应该不是故意的。

“啊，你之前说过不喜欢芝士类的蛋糕，我给忘了，下次再给你买别的。你过几天就要走了，真可惜。明天不去上补习班，我们去哪儿玩啊？”

米尔既不喜欢只跟阿姨和佑妮一起去，也不愿意和爸爸一起去，因为爸爸只会照顾佑妮。

“我要去补习班再练习练习。”

这时，阿姨的手机响了。原来是爸爸。爸爸可能是问到了米尔，只听阿姨说：“她现在回来了，正在吃零食呢。”佑妮知道是爸爸打来的，便要赖要自己接电话。看着佑妮跟电话那头的爸爸叽叽喳喳地说个不停，米尔也暗暗地期待爸爸能让自己接一下电话。可是，和佑妮通完话后，爸爸便直接挂断了电话。米尔的眼泪在眼眶里打转。不过，她这样并不是因为没有和爸爸通话。在去补习班的路上，她经常和爸爸发信息，也打电话。米尔也想在这个家里堂堂正正地得到爸爸的爱。米尔想让阿姨和佑妮知道，她才是爸爸最珍惜的人。

“那你也抽点时间出来吧，这段时间，你一直上补习班，根本就没空玩。补习班那么远，来来回回应该很累吧，可你从来都不表现出来，真是了不起。这么吃苦耐劳，肯定什么都能做好。”阿姨没有察觉到米尔的心情，径自说道。

“住在那种每天只有六趟公交车的地方，谁都可以做到。我回房休息了。”

米尔猛地站起来，嘎吱嘎吱地嚼着甜饮里的冰块，走进了自己的房间，不，那是佑妮的房间。佑妮紧紧地跟在她的后面。

“出去，我要睡觉了。”米尔瞪着佑妮说道。

佑妮被米尔凶狠的表情吓得一激灵。她看着米尔的眼色回答道：“不要，我要玩。”

像豆粒般大小的佑妮理直气壮地跟米尔顶嘴。米尔觉得佑妮之所以敢这样，或许是因为佑妮相信爸爸最爱的就是她。想到这儿，米尔更加火冒三丈。这个家里有三个房间，爸爸和阿姨住在主卧，有个房间被用作书房兼仓库，无法住人。因此，米尔只能睡在佑妮的房间。虽然阿姨说这个也可以是“米尔的房间”，但佑妮非说是自己的房间，还时不时地进来。

“佑妮平时不怎么去的，可能是因为姐姐来了很开心，所以才这样的。”

米尔一点都不欢迎这个喜欢自己的佑妮。

“随便吧，我要关灯了。”

米尔关上灯，躺在床上。房间里突然漆黑，佑妮顿时吓得号啕大哭。米尔下意识地站起来，想堵住佑妮的嘴，可视线太暗什么都看不清楚，结果一下抱住了她。佑妮见状，停止哭泣，扑向米尔的怀抱。米尔正准备推开她，却见阿姨走了进来。米尔赶紧松开佑妮，躺在床上，蒙上了被子。

“佑妮，姐姐很累，不要烦她了，我们出去吧。米尔，晚安。”阿姨拉着佑妮一边往外走，一边说道。

“姐姐，晚安。”

听到佑妮的问候，米尔也没有回答。

房门一关上，米尔就掀开了被子。她想起了自己的妈妈，眼泪夺眶而出。她想和妈妈躺在一张床上，聊着天沉沉睡去。虽然米尔之前对妈妈很不耐烦，但从未流露过自己的辛苦。她害怕妈妈让她直接回乡下，担心妈妈不想再让她来爸爸家，也不希望妈妈责怪爸爸。

英语夏令营结束后，素熙回来了。今天是周末，准备去补习班练习室的米尔收到了素熙约她见面的消息。事实上，米尔现在也没什么心情见素熙。整个假期里，米尔在补习班的同学们面前一直很自卑，总是怅然若失。如果听素熙谈起去澳大利亚的经历，她不知道又会是什么样的心情。对此，米尔有些害怕。

米尔：你不用倒时差吗?

米尔实在不想见素熙，便这样回复道。素熙又发来消息，说有话一定要跟米尔说。米尔见状，只好改变路线，去了约好的地点。事实上，米尔也不是很想去练习室。

米尔第一次来弘大入口站。她以地铁站和街道为背景拍了一张照片，上传到了社交网站。她的社交网站里的照片全都是开开心心享受首尔生活的模样。她站在素熙告诉她的出口，等待着素熙，浏览着那些和自己的真实感受相隔十万八千里的照片，就像在看别人的网站一样。

这时，素熙突然走过来，大喊一声：“姜米尔！”米尔吓了一跳，接着大笑起来，一股喜悦之情猛地涌上心头。她们挽着胳膊向前走去，准备找一家心仪的咖啡厅。素熙看起来比米尔晒得还要更黑一些。

“你怎么这么黑了？你不是花了很多钱去玩了一趟吗？”

米尔本想捉弄一下素熙，这句话却刺痛了自己的心。

“因为要参加活动，所以就晒黑了。你倒是变白了。”

“在我们那个补习班，我可是最黑的。”

和素熙走进一家漂亮的咖啡厅，米尔的心情一下好起来，之前的忧郁早就跑到了九霄云外。过了一会儿，她们点的可颂华夫饼和奶昔便端了上来。

“你想跟我说什么？如果是聊澳大利亚的话，我会肚子疼，你就不要说了。”

米尔用开玩笑的语气说出了自己的真心话。

“我不想考外语高中了。”

素熙冷不丁地冒出来这句话。

“什么？这么突然吗？”

米尔嘴里咬着吸管，惊得瞪大了眼睛。

“其实并不突然，我考虑挺长时间了，这次去澳大利亚才下定了决心。昨天从机场回家的路上，我本想跟妈妈说的，可因为当时的气氛，我没能说出来。我怕一拖再拖，就更张不开嘴了，所以先跟你透露一下。姜米尔，我真的不去上外语高中了！”

素熙连饮料都来不及喝，滔滔不绝地说着。

“你到底因为什么啊？！没信心？”

“这不是有没有信心的问题，而是因为关系。”

米尔完全听不懂素熙在说什么。

“不管你做什么，你都会相信妈妈是爱你的，对吧？”

米尔虽然从来没有认真思考过，但素熙说得好像没错。正是因为心底里相信妈妈对自己的爱，所以米尔才会有恃无恐，随意发脾气。想到这儿，米尔点了点头。

“可我不是这样的。我从小就很焦虑，害怕自己不好好表现，就没有人爱我。对我的奶奶如此，对别人也一样。即便现在和妈妈一起生活，我心里也是那样想的。我妈妈让我考外语高中，好像是为了在爸爸和爸爸这边的家人面前显得有面子。等去了外语高中，她应该又会期待我考进名牌大学吧。可是，我不想再争取那种有偿的爱了。即使孩子学习不好，做了错事，父母都应该无条件爱自己的孩子，难道不是吗？”素熙毅然决然地说道。

米尔明白素熙这些话是什么意思，但她无法理解素熙的想法。

“可是，考上外语高中，首先对你来说不也很好吗？如果成绩不好，那没办法，别人都挤破头地想考进去，你为什么……”

“素熙不会是怕自己考不上，所以在找借口吧？”米尔心里嘀咕了一下。

“是啊，我不想去也是为了我自己。这次去英语夏令营，我真的很累。等考上了外语高中肯定会更累。就算我变成了郑素熙，扮演着富家小姐的角色，可我自己知道，我还是月田村的尹素熙。以前，我总是想方设法地隐藏尹素熙的影子，可现在想想，如果抛弃了以前的尹素熙，那就不是我了。我说过要成为一名作家，怎么能抛弃真正的自己呢？”

没错，素熙的梦想是成为一名作家。米尔一下想起了上小学的时候。当时听到素熙这样说，米尔心里还嘲笑过她：“你以为作家这么好当吗？”可直到今天，素熙依然怀揣着这个梦想。“我当时的梦想是什么来着？”米尔的梦想变过很多次，她早就记不得了。

“我的想法没错吧？是不是，姜米尔？”素熙问道。

米尔早就把之前的无数个梦想抛到了九霄云外，如今甚至想埋葬了新的梦想。听到素熙的问话，米尔感觉自己无言以对。

“既然成了富家小姐，那就安心享受生活呗，怎么活得这么累啊？”米尔叹了口气说道。

“可即便如此，能让我敞开心扉，无话不谈，真正理解我的朋友就只有你一个。”

米尔有些难为情，将剩下的奶昔一饮而尽。奶昔实在太凉了，她一口吞下去，脑袋嗡了一下。

“要是你成为音乐剧演员，我成为作家就好了。我们彼此加油吧。”

素熙脸上的神情轻松了许多。

“瞧你说的，真不愧是模范生啊。”

米尔嘴上这样说，一直憋在心里的孤独感似乎一下消失了。

和素熙分开后，米尔向着补习班走去。素熙相信她，支持她，米尔想对自己的朋友表示最起码的尊重。事实上，素熙放弃考外语高中，米尔并不开心。她感觉自己就像是马拉松选手，领跑员已经掉队，剩下的路只能一个人向前奔跑了。

第八章

铃铛花

他脑海里浮现出来的只有铃铛花的花语——
『好消息』『幸福归来』。

晚上，巴乌和爸爸打算用现有的小菜拌饭吃。巴乌拿着勺子，等着爸爸把饭拌好。午饭凑合了几口，他的肚子早就饿了。

“啊，听说素熙家的房子卖了。”爸爸挖起辣椒酱，倒进拌饭里，冷不丁地说道。

巴乌闻言，心一下凉了半截，如坠深渊。

“什么意思？”巴乌希望自己听错了，向爸爸问道。

“我说，素熙家的房子卖了。听说房子今天早上刚收拾出来，正好下午有个人来找房子，当场签了合同就卖了。”

“他们家为什么突然卖房子？”

巴乌心里仿佛出现了一个像素熙家院子一样大的洞。

“听说素熙的婶婶要扩建美容院。这样也好，他们以后又不在这里住，房子一直空着只会让自己操心。现在卖还能卖个好价钱。”

爸爸最后放了一些苏子油，然后把拌饭碗放在桌子中间。

“拌饭还是要放苏子油才好吃，快吃吧。”

爸爸挖起满满一勺拌饭，塞进嘴里。巴乌的胃却像被切了一样，一下食欲大减。

“那人要来住吗？”

村里有一些这样的房子，城里人买来投资或者养老，不过一直都空着。如果素熙家的房子真的被卖了，巴乌希望买家也是那样的人。

“听说那房子明天就要开始修缮了，那人应该会来住吧。你以后不要再惦记那地方了，安心学习。整个假期，你不是一直都待在那里吗？”

爸爸满脸不悦地看着巴乌。

夏天，杂草的繁殖力很强，就算刚刚拔除不久，转眼间又会再次疯长，所以素熙的院子要不断地打理。放假期间，巴乌总是带上零食和冰水，待在秘密花园里。巴乌忙碌时，蜜蜂嗡嗡地采蜜，蚂蚁辛勤地搬运种子和面包屑；巴乌休息时，蝴蝶翩翩起舞，夏蝉齐声合唱。花坛里的鲜花也日渐灿烂，似乎在报答巴乌的辛苦。在这个庭院里，巴乌不会因为他人的视线和想法进行伪装，可以真正地做自己。

巴乌很清楚自己在别人眼里的模样。他素来沉默寡言，很多人想当然地认为他没什么想法，甚至无视他。对于这样的评价，巴乌装作毫不在意，心里却很委屈，很难过。一边是自己心目中的模样，一边是别人眼中的模样，当需要选择其一时，巴乌还是会倾向于后者。因为受人关注对他来说更难一些。不过，在这个庭院里，他不用紧张拘束，无须担心别人对自己的评价，也感受不到必须用语言来表达内心想法的那种窘迫。在这里，他自己一个人就足够了，可以全身心地做自己。可是如今，这个地方也要消失了。

“从下个月开始去上补习班吧。即使上了高中，听说只有进了寄宿班才可能有机会看到首尔那些大学的影子。”

素熙家的房子都被卖了，爸爸却在担心巴乌三年后才会考虑的大学。爸爸曾经把素熙的奶奶当作自己的母亲，自从巴乌妈妈去世后，爸爸也欠了素熙家很多人情。即便如此，爸爸仍然看不惯巴乌一直打理素熙家院子的事，听说素熙家的房子被卖，也没有丝毫的遗憾。听到爸爸的催促，巴乌塞进嘴里的饭粒就像从花坛里挑拣出来的石头一样，在嘴里翻来覆去，难以下咽。

吃完晚饭后，爸爸让巴乌给他贴膏药，巴乌却假装没听到，径直走出了家。如果和爸爸继续待在一起，巴乌害怕会对爸爸失望透顶。他勉强咽下的米饭在胃里翻江倒海。他要骑上自行车，去小学的操场转几圈，好像只有这样才能让食物消化，也能抚慰一下内心难以名状的思绪。

奉实蹦蹦跳跳，想让巴乌陪它玩，可巴乌没有心情理睬它，推着自行车便出了家门。绚烂的晚霞染红了田野。巴乌骑上自行车，经过素熙家门前时用力踩了几下踏板。呼啸而过的风如锋利的刀刃一般，将他的身体和内心都割得生疼。

巴乌驶出村子，骑行了很长时间，突然停了下来。不知不觉间，晚霞已经消失，夜幕逐渐降临，天马上就要黑了。他想趁着还有微光，去看一眼自己的秘密花园。巴乌害怕黑暗彻底吞噬庭院，便心急如焚地按原路返回。

他气喘吁吁地从自行车上下来，解着门环绳索的手瑟瑟发抖。如今，这里已经易主，他这样进去是不行的。或许从明天开始，这里会重新挂上一把不一样的锁。素熙家之前有人住的时候，巴乌便经常光顾这里，后来房子空下来，他每天除了回家睡觉，在这里待的时间比在家里还要长。“虽然这里已经是别人的家了，但我应该还有一点时间，和自己的秘密花园做最后的道别。”巴乌暗想。

巴乌打开门，小心翼翼地走了进去，仿佛新房主会突然出现，大声呵斥他一样。前院干净整齐，就像一直有人在居住。他走向后院。夜幕已经降临，灿烂的鲜花却散发出明亮的光芒，好像在欢迎巴乌的到来。铃铛花的叶子很茂盛，原本盛放过白花的地方挂着如橡果般的果实。夏花凋谢，秋天的花儿正在准备绽放。鲜花和树木在风中摇摆，仿佛在用尽全力向巴乌问好。巴乌一直

寻找
隐藏

我步入丛林，因为我希望生活有意义。

我希望活得深刻，吸取生命中所有的精华！

去溃一切非生命的东西，以免当我生命终结，

才发现自己从来都没有活过。

如果一件事不得不做，

最好的办法是给这件事赋予重大的意义。

勤勤恳恳，既是帮助它们茁壮成长的助手，也是它们的朋友。巴乌环视着这一切，想把秘密花园镌刻在心底，直到瞪大的眼睛变得酸涩起来。

那些因为没空打理而杂草丛生的农家小院，房主通常会用混凝土或地砖来铺院子。不仅家里的院子，就连村里的道路也一样，大街小巷都已经硬化了。新搬来这里的人或许也会这样做。一想到坑坑洼洼的庭院和被拔掉的鲜花，巴乌就觉得心如刀割，一下蜷坐在地上。他就那样静静地坐着，天色越来越黑。他的眼睛慢慢适应了黑暗，可以依稀看到庭院的形状，但那些鲜花就像失去了光明一样，一下子黯然失色。巴乌心里也陷入一片漆黑。

世上没有永恒的东西，所有的生命终有一天会消失不见。且不论寿命不足百年的人，就连活了五百年的榉树早晚有一天也会“寿终正寝”。即便是已经有四十五亿年历史的地球也不可能永远存在。巴乌虽然这样想，但这些“道理”给不了他一丝慰藉。他只能瞪大眼睛，痛苦地看着秘密花园慢慢地消失在黑暗之中。

巴乌如长途跋涉般推着自行车，步履蹒跚地回到了家。爸爸正在客厅里用电脑下围棋。这是爸爸唯一的兴趣。见爸爸正沉迷于围棋游戏，巴乌有些庆幸，悄悄走进了自己的房间。桌子上放着蚊香，应该是爸爸点的。虽然已经九月份了，天气依然很闷热，蚊子也很多。

巴乌坐在书桌前，却没有心思写作业。他打开电脑，浏览着之前拍的庭院和鲜花的照片。如今，那里已经不再是素熙家的院子，而是独属于巴乌的庭院，是一旦消失不见就不为任何人所知的真正的“秘密花园”。电脑屏幕上的照片里全都是铃铛花，是巴乌去年秋天移植在庭院里的，今年开满了花。自从听在伊提到紫罗兰的花语后，巴乌还查了一下其他鲜花的花语，和照片一起做了标注。铃铛花的花语有很多，象征着“纯洁”“幸福归来”“好消息”等。巴乌觉得，铃铛花清新可爱，看起来确实很“纯洁”，但肯定不会代表着“幸福归来”或者“好消息”。

巴乌正想着，门突然被打开，爸爸一下探进头来。巴乌见状，赶紧把背景图最小化。爸爸假装没看到，对巴乌说道：“睡觉的时候要吹灭蚊香，闻一晚上会中毒的。”

门一关上，巴乌又重新打开了图片。见巴乌不像其他同龄的男孩那样沉迷于游戏，爸爸觉得不大对劲，甚至还很担心他。儿子得了名为“选择性缄默症”的怪病，心急如焚的爸爸希望儿子能和普通人一样。当然，巴乌偶尔也会玩游戏，只是他不像别人家的孩子那样痴迷于游戏，甚至因为游戏和父母起冲突。

社交网络更是如此。他身边的同龄人都喜欢在社交平台上晒自己的生活。假期里，米尔去了首尔，她在补习班、咖啡厅和街头自拍，然后传到网上。在伊也上传了一些关于书籍、电影、饮食和旅行等文字。素熙也不例外。她说摄影是自己的兴趣，去澳大利亚后，只要一有时间她就拍摄当地的风景，上传到自己的社交平台上。刚开始，巴乌看着她们记录着自己的生活，感觉很有趣，可渐渐地便无感了。

巴乌继续浏览着照片，看着那些曾经装饰着秘密花园的鲜花。他和每张照片里的那些花一起度过的时光都历历在目。这时，在伊发来了消息。虽然巴乌现在没心情和任何人说话，但在伊的问题引起了他的好奇。

在伊：你住在月田一里，对吧？

巴乌：嗯。

在伊：天啊！我们要搬到你们村去了。

巴乌：啊？？？

在伊：我们要搬家了。听说是月田诊所所在的那个地方，那不就是你们村吗？

巴乌：嗯。

巴乌感觉云里雾里，就像听说素熙家被卖掉时一样茫然。在伊兴奋地解释着事情的来龙去脉。在伊说，他们家之前一直租房子住，在四处找房子准备搬家时，碰到了一个满意的房子，就干脆买了下来。

在伊：我听妈妈说了之后，感觉就是你们村。米尔的妈妈不是诊所所长嘛。

看到这些文字，巴乌似乎更加确信买素熙家房子的就是在伊家。巴乌没有回复在伊。他脑海里浮现出来的只有铃铛花的花语——“好消息”“幸福归来”。

在伊：听说明天开始修缮房子，这个周末我和妹妹也会一起去，到时候再见吧。

看到在伊说“到时候再见”，巴乌一下子打起了精神。接着他便意识到，自己不想让在伊搬到这里来。他之所以这样，不是因为素熙家的房子被卖了，而是不想让在伊看到他和爸爸只有两个人一起生活的样子。

已经说过再见的在伊又发来了消息，还附着一张照片。原来是巴乌扦插成功后送给在伊的天竺葵。

在伊：天竺葵长花骨朵了，太漂亮啦！

只见照片里的天竺葵上长出了一簇簇花骨朵，就像一串串圆鼓鼓的稻粒。巴乌一下想起来，天竺葵的花语是“你就是我的幸福”。

第九章

在伊家

自己的人生就要握在自己手里，
要不然就是傻瓜。

榉树那边突然传来一阵喧闹声。看来是回老家过中秋节的人们要离开了。月田村的人肯定会在榉树下再次依依惜别。回村的时候，人们也喜欢在榉树下逗留，在寒暄中一起追忆这棵树见证的岁月。米尔居住的诊所离榉树不远，一到过年过节，不分昼夜传来的噪声让她深受其扰。

“啊，吵死了，我就是因为这样才说出去旅行的。”

米尔吃着午饭，嘴里嘟囔着。餐桌上摆满了村里的老奶奶们送来的中秋食物。米尔连续吃了三天，早就吃腻了。

“你没看新闻吗？全国各地的道路就跟停车场一样，还想去旅行？那是去受罪吧。”

“谁说要在国内旅行了？我说的是去国外，反正诊所也要关门。”

“三天时间怎么去国外旅行啊？再说，你昨晚不是也看到有患者来急救吗？”妈妈神色憔悴地说道。

昨天半夜，枣树家爷爷的孙子因为积食急匆匆地来了诊所。那孩子在诊所里吐得满地都是，为了打扫卫生，妈妈几乎没怎么睡觉。

“他们来还不是因为知道妈妈在诊所吗？要是诊所关了门，他们可能就去市里的医院了，总之会自己想办法的。”

“等有更长的假期再说吧。另外，你马上要读高中了，不知道有没有时间出去玩。”

“算了，别拿我当借口了。你担心蓝色大门家那个奶奶的血糖，还担心瓦房家爷爷的高血压，怎么可能让诊所关门呢？妈妈，你以后要竞选国会议员吗？干吗这么拼命啊？”

“要是选我我就当。真成了国会议员，我就大力支持农渔村的保健医疗预算。”

“烦死了。”

米尔站起身来。她的饭碗已经空了，听了妈妈的话，她也不想再吃了。如果还在桌边坐着，她肯定会听到一些压根不好奇的无聊故事，甚至还得去洗碗。最近，妈妈的话变多了，有时候打电话也会唠叨很长时间。

米尔走进房间，看了一眼放在房间里的手机。一顿饭的工夫，社交平台上更新了很多内容，有人晒中秋节美食，有人晒拿到的零花钱，还有人一面说着最讨厌和人攀比，一面却疯狂晒图，炫耀读名牌大学的亲戚等。看到这些，米尔不置一词，既不想看其他人的文字，更不想给他们回帖。

米尔玩了一会儿游戏，然后打开音乐，躺在了床上。自从和妈妈两个人一起生活，她发现一到节假日和纪念日，自己就会很孤独。春节期间，学校放假，她可能会去奶奶家和舅舅家，但中秋节哪儿也去不了。佑妮应该回奶奶家祭祀了。“她肯定会撒娇卖萌，独宠一身，哼，管她呢。”正想着，米尔突然想起阿姨跟她说过的话。

假期补习班专题讲座结束当天，阿姨说有话要对米尔说。在爸爸家里这段时间，米尔一直对佑妮和阿姨很不耐烦。听阿姨这样说，米尔紧张地坐在对面，不知道阿姨是不是想跟她“算总账”。

“时间过得真快，你明天就要走了，这段日子不大舒心吧？”

“呃……”

米尔不知道该如何回答，嘴里含糊其词。

“说实话，米尔，生佑妮之前，我并不喜欢你。”

在这件事情上，米尔也一样。

“把和侄女年龄相仿的你当作女儿，我确实觉得有些负担。”

去补习班报名时，听到老师询问她们的关系，阿姨看了看米尔的眼色，称自己是米尔的姨妈。米尔原本担心阿姨会说她是自己的妈妈，因为任何人一眼就能看出来她们不是母女。听到阿姨这样回答，米尔心里的石头一下落了地。当时米尔以为阿姨很会察言观色，但现在看来，原来阿姨是不想给一个初中生当妈妈。阿姨喝了一口咖啡。米尔也喝了一口花茶。听说这是薰衣草茶，但好像混杂着化妆品的气味，米尔并不喜欢。

“可自从生了佑妮之后，我对你的感觉不一样了。你毕竟是佑妮的姐姐。说实话，我不敢说像对佑妮那样疼爱你，可一想到等以后我们死了，你们姐妹在生活中会互相依靠，我就觉得很安心，感觉你和佑妮一样重要。”

“什么？她这是想让我以后好好照顾佑妮啊，算盘打得真精。等以后只剩下我们两个人了，我肯定会好好折磨她。”米尔一想起来就觉得很解气，可旋即又悲伤起来。总有一天，妈妈和爸爸都会离开这个世界。

“还有，米尔，‘爱’这种东西不是定量的。我的意思是，你爸爸有了我，有了佑妮，但这并不代表着他对你的爱就减少了。不要忘了，你爸爸的第一个女儿是你，你是他的小棉袄，不能生活在一起，他更觉得心疼。”

或许是被自己的话感动了，阿姨的声音有点哽咽。米尔闻言，眼圈也红了，但幸好没有流下眼泪。她不想让阿姨看到自己流泪的模样。

怪不得别人都说，讨厌也是一种情感，米尔现在竟然很想念佑妮。她想假装给爸爸打电话，顺便听听佑妮的声音，可就在这时，手机收到了一条消息。原来是去了大伯家和姥姥家的在伊说自己刚刚回来，让米尔去她家里玩。米尔找出一件开襟衫穿在身上，走出房间。电视里演着吵吵闹闹的综艺节目，妈妈正在房间里和别人通电话。米尔不用问也知道，电话那头肯定是舅舅或舅妈。妈妈看到米尔，给她使了一个眼神。

“我去一趟在伊家。”米尔会意，跟妈妈说道。

“她回来了？你去问问在伊的妈妈，如果她不累的话，就请她过来喝咖啡。”妈妈暂停通话，对米尔说道。

在伊一家大约十天前搬到了这里，当时米尔的妈妈特别高兴。见妈妈有了除巴乌爸爸以外的朋友，米尔也很开心。米尔的情况也是如此。

自从话剧演出圆满结束后，米尔和在伊的关系也更融洽了。

“这次的话剧多亏了你的救场，真的，太感谢你了。”

在伊把功劳都推到米尔身上，彼此间的心结也消失了。如今她们又生活在同一个村里，两个人很快便熟络了起来。

米尔给福实放了一点食物，走出诊所，抬头看了看榉树。只见树叶的绿色正逐渐褪去。过不了多久，这些树叶会绿中带黄，晕染成棕色、褐色，五彩缤纷，让周围都明亮起来。米尔第一次看到榉树时，树叶已然凋零，树枝用绳索挂起来，一副饱经风霜的沧桑模样。看到这棵郁郁葱葱的榉树，没见过冬日那一幕的在伊连连感叹。在伊很喜欢这棵树，也很喜欢这个村庄。更令她开心的是，这里还有米尔和巴乌。

他们三人决定参加十月下旬的青少年话剧节，所以要继续同舟共济。米尔更积极地投入话剧的排练中。她心里也有小算盘，如果能在大赛上获奖，对她的入学考试会更有利，不过比起这个，她更想坚定自己的梦想之路。

首尔补习班的老师曾经跟米尔开诚布公，说米尔虽然很有实力，但最大的问题是热情不够，个性不足。就算歌唱得再动听，舞跳得再优美，演技也在线，可如果没有自己的个性和爆发力，也无法感动观众。米尔本以为自己只需要提升实力，没想到还有其他意想不到的障碍。

假期专题讲座结束后，米尔反而失去了信心。回到月田村后，继续去市里补习班上课的米尔也没有了从前的松弛。此前的话剧虽然是一群中学生蹩脚的演出，但当时在舞台上那种麻酥酥的感觉让米尔难以忘怀。她很想再次体验那种感觉，仿佛只有这样，她才有勇气和力量继续前进。

如果考不上艺术高中，她离开月田村的时间也会推迟。米尔担心再这样下去，或许大学也要在这里上。其实，想离开月田村也不是没有办法，只要妈妈再去首尔的医院工作就行了。米尔暗下决心，如果中考落榜，自己会想尽办法让妈妈把工作调去首尔。

米尔沿着拐向村子的斜坡向下走去。村子里原本很宁静，可如今家家户户门前都停放着汽车，人也骤然多了起来，喧闹声此起彼伏。在伊家有白色的木篱笆和低矮的门，和素熙之前住在这里的时候截然不同。门口有个木制邮筒，听说是在伊爸爸制作的，上面整齐地写着一家四口的名字。米尔快速将目光从邮筒上移开，走进院子。

在米尔眼中，在伊似乎什么都不缺。他们一家人生活在一起，还有很多朋友，对这里的生活似乎也很满意。尽管如此，米尔还是很好奇在伊的真实想法，“她在这里生活真的不郁闷吗？看到自己慢慢变成村里的孩子，她不伤心吗？去了首尔，她不会畏首畏尾吗？”

“米尔姐姐！”

在润打开玄关门走出来，看到米尔很开心。在润的脸上有伤疤，她的过敏性皮炎症状比在伊更严重一些。难道神为了彰显公平，才让在伊姐妹患上名为“过敏性皮炎”的疾病吗？不过，即使很痒，甚至有些痛苦，在润也总是面带微笑。

“你好，这是要出门吗？”

“嗯，我去世雅家。”

世雅的妈妈是越南人。在润转学来这里之前，月田村的小学生只有世雅家的一对兄妹和妇女会长奶奶家的孙女。

“这么快就成为朋友了？”

“当然了，我们可是同班同学。”

米尔之前和素熙、巴乌成为朋友至少花了几个月时间。“这一对姐妹都这么平易近人。”正想着，在伊应该是听到了声音，向外看来。

“快进来吧。”

屋里的装饰设计是在伊爸爸朋友的手笔，整体上焕然一新。米尔一点也想不起来素熙家原本破旧不堪、沉闷黯淡的样子了。在伊的妈妈正在整理从首尔带回来的行李，见米尔进来，热情地欢迎她。

“中秋节过得开心吧？”

“嗯，我妈妈让我问您有没有时间，想请您过去喝咖啡。”

“我正想去给她送点节日的食物呢。”

米尔妈妈比在伊妈妈大两岁，所以在伊妈妈称呼米尔妈妈为“大姐”。

“村里的奶奶们送去了很多食物。”米尔笑着说道。

“我要去巴乌家，和大哥下盘围棋。他今天应该休息吧？”在伊的爸爸把整理完行李后的空包放进杂物间，这样说道。

在伊姐妹之所以那么平易近人，或许是因为遗传了父母的基因。在伊一家人和村民们相处很融洽，仿佛已经在村里生活了好多年。

“现在只剩下我们两个人了。”

见爸爸和妈妈出门，在伊很开心。

"那我们把巴乌也叫来？"

"随便你吧。"

在伊掩饰不住脸上的笑容。

米尔给巴乌发了一条消息，让他来在伊家。和在伊关系变得亲密后，米尔便想方设法为他们两个人牵线搭桥。在伊向米尔坦率地吐露了自己对巴乌的好感。正如米尔推测得那样，在伊从去年开始关注巴乌，真正想认识他是从今年春天开始的。按照在伊平日里的性情，她应该会主动跟巴乌接触，可她并没有那样做，这让米尔感觉很奇怪。在伊解释了其中的缘由。

"如果我突然主动靠近，巴乌可能会惊慌失措，彻底远离我。所以，我打算慢慢来。通过这次话剧演出，我们亲近了很多。"

"你不觉得伤心吗？巴乌好像没有察觉到你的想法。"

"旁观者"米尔比"当事者"还要着急。

"你知道我因为过敏性皮炎学到了什么吗？"

在伊没有回答，莫名其妙的问题让米尔摇了摇头。

"忍耐。看到别人吃饼干或冰激凌，我也很想吃，那种感觉真的很崩溃。可我知道，一旦吃了马上就会拉肚子，所以我会选择忍耐。通过这件事培养出来的忍耐力对其他情况同样管用。”

素熙当年也是如此。看来这个宅基地有一种能让孩子变成“小大人”的力量。

“去干吗？”巴乌发来了消息。

米尔：你来就行了，不赶紧来就死定了。

自从在伊出现后，米尔感觉巴乌就像青梅竹马的老朋友，相处也越来越融洽。以前，巴乌和米尔之间有素熙，如今米尔接过了素熙的“接力棒”。

巴乌来了。不管是素熙生活在这里的时候，还是离开之后，巴乌来这里就像回自己家一样，如今却像来到陌生地方般畏畏缩缩。“你到底看中这家伙什么啊？”米尔看着在伊和巴乌，暗自摇了摇头。

“我们做点什么？”在伊慌乱地拿出很多零食，满脸通红地问道。

巴乌则一脸“做什么都无所谓”的神情。

“要不看电影？”

米尔也举双手赞成。如果只有米尔和在伊两个人，她们可以边聊天边玩，如今巴乌加入进来，三个人却不知道该做什么。巴乌闻言，也点了点头。

“看什么？从这里选一个吧。”在伊指着DVD柜，对米尔和巴乌说道。

只见柜子里满满的都是电影。在伊说这是他们一家人多年积攒的结果，至今还是喜欢用DVD看电影。

“我们搬家时只留下了一些想再看一遍的电影，所以这些都不错。”

巴乌稍做犹豫，问道：“有那个吗？《死亡诗社》。”

巴乌竟然提了一个建议，这太令人吃惊了。不过，米尔忌讳“死亡”，不喜欢“诗人”，也讨厌“社会”，更讨厌这些黯淡的词语组成的《死亡诗社》。看到巴乌很感兴趣，米尔更觉无趣。她正要誓死反对，只听在伊激动地呼应道：“哇，你还记得！”

巴乌没有回答，反而涨红了脸。

“这两个人似乎有秘密，怎么能瞒着我？！”米尔想。

“什么情况？你们两个有秘密吧？快跟我说说。”

见米尔催促，在伊这才解释道：“啊，这部电影里有将《仲夏夜之梦》改编为话剧的场景。我之前跟巴乌说过，没想到他还记得，在这儿呢。”

在伊找到DVD，拿了出来。

“封面都脏了，应该没什么意思吧。”

在伊闻言，晃了晃食指说道：“不，超级有意思哦。这部影片以男子寄宿高中为背景，里面全是高中生帅哥。”

“什么？那得看看，快打开！”

在伊把DVD播放器连接到投影仪上，拉上遮光窗帘，营造出影院的氛围。米尔和巴乌坐在沙发上，在伊坐在地板上，三个人开始看电影。米尔原本不抱任何期待，可电影刚开始，她便一刻也挪不开视线了。正如在伊所言，虽然也有帅哥高中生的缘故，但电影内容确实很有趣，也令人感动。

电影中的故事背景是1959年，电影制作的时间为1990年，看电影是在21世纪20年代。巧合的是，这些事都相差了三十余年。细究起来，这部电影以美国为背景，讲述的是爷爷奶奶那一辈的故事，但不会让人感觉这是在异国他乡发生的年代久远的往事。尽管时空不同，但无论是当时还是现在，学校和父母折磨孩子的情景都如出一辙。除此之外，电影里还有《仲夏夜之梦》的演出场景，让剧情更加精彩绝伦。

电影中，帅哥尼尔不顾父亲的反对饰演浦克一角，演出结束后选择了自杀。看到这里，米尔忍不住流下了眼泪。从这一幕开始到电影结尾，学生们的偶像基汀老师因为尼尔的死而被学校开除，在学校收拾东西时，学生们纷纷站上课桌送别他，大喊着："哦，船长！我的船长！"整个过程中，米尔几乎一直在呜咽。就连已经看过很多次的在伊也忍不住抽泣起来。

电影结束后，在伊拉开了窗帘。他们重新回到了现实世界。

"很感动吧？视频效果也不错。"眼圈红红的在伊说道。

"太棒了！原来'carpe diem'这个词出自这里啊。"

米尔的声音像是得了重感冒一样。她之前在一个网友的签名里看到"carpe diem"这个词，特意在网上搜索过。这个词是拉丁语，意思是"活在当下"。这也是这部电影的主旨。

"如果真有像基汀这样的老师，周末我也想去学校。尼尔好可怜啊，他爸爸也太坏了吧？孩子都死了，哭哭啼啼有什么用？！再说，尼尔也不至于死啊！他只要离家出走，随心所欲地生活不就行了？”

米尔情绪激动，滔滔不绝。在伊见状，笑着问道：“如果你妈妈反对你的梦想，你会那样做吗？”

“那我就去爸爸家，阿姨为了讨好我，肯定会站在我这一边。”

每次在在伊面前谈起自己的家人，米尔都会故意装作不在乎的样子。

“总之，自己的人生就要握在自己手里，要不然就是傻瓜。”

“没错，人类有选择人生的权利，也有义务面对自己的人生好好活下去。从这个意义上来说，自杀的尼尔既没有行使权利，也没有履行义务，真让人唏嘘。”

在伊虽然附和着米尔，但说话的水平和米尔完全不在一个层次。或许是因为看了很多书籍和电影，在伊一开口就是至理名言。“这难道真和宅基地有关？”米尔想到这儿，看了一眼呆呆地坐在原地的巴乌，为在伊感觉不值。

第十章

生命的精华

花之所以美丽，
正是因为会凋谢。

巴乌也觉得电影很有意思，但平心而论，他并没有感动到像米尔那样大呼小叫。电影里，学生们成立了名为“死亡诗社”的俱乐部，在山洞里吟诗，这让巴乌感觉很肉麻，而基汀老师的教育方法对巴乌来说也太“另类”了。米尔说，如果有这样的老师，她周末也想去学校，巴乌却恰恰相反，甚至会感觉“压力如山大”，想转学到其他学校。

基汀老师鼓动起了学生们的情绪，自己最终却被解雇，离开了学校，这看起来也似乎有些不负责任。自杀的尼尔也一样。尼尔离开这个世界，一点都不考虑活着的人，这点和他的父亲一样自私。

比起自杀的尼尔，巴乌对他的舍友托德更加感同身受。那些活着的人以后会过什么样的生活呢？他们会用什么方法来抚平内心的创伤？活着的学生是否会按基汀老师的教诲，过上忠于现在、忠于自己的生活呢？在故事真正应该开始的地方，电影却戛然而止。听到在伊询问自己的感受，巴乌明明浮想联翩，开口却只说了一句："话剧场景没有想象得多啊。"

"喂，你看到这样著名的电影，竟然只能说这种话？"米尔责备巴乌。

"哦……在话剧里，最后浦克不是有一句台词吗？那也是尼尔最后的告别，给我留下了深刻的印象。"

说实话，巴乌印象最深的是电影中间出现的亲密场面。当一个曾经在山洞里击节而歌的学生打开刊登着女性裸体照片的画报时，巴乌委实吓了一跳，米尔还扑哧地笑了一声。即使屋里很黑，巴乌也没有看向别处。诺克斯去参加派对时的场景也一样。每当电影里出现亲密接触的一幕时，巴乌总是担心自己会发出咽口水的声音。而且，巴乌觉得只在意这种场景的自己就像一个

“人渣”。他从来没有像这次这样，希望看电影的时候不要出现这种场面。

“天啊，我对《仲夏夜之梦》感兴趣也是因为这个。我初一和妈妈第一次看这个电影的时候，真的很好奇尼尔最后的台词是看到父亲来到剧场即兴创作的，还是原来作品里就有的台词。我妈妈当时也很好奇，便给我买了莎士比亚的书。可是，我那时候根本就看不懂，便上网查了一下，没想到竟然还有电影。后来，妈妈又给我买了DVD。我看了电影，也看了书，慢慢地理解了一些，感觉更有趣了。电影里的雅典匠人们演了话剧，我觉得我们演应该也很有趣，便成立了话剧社团。去年，我本想首场演出就演《仲夏夜之梦》，可实在是无法改编。所以，我换了别的剧本，用了一整年的时间进行改编。”

巴乌和在伊之前用手机聊过这件事，如今听到在伊亲口讲述，巴乌感觉她更了不起了。

“听了你讲的幕后故事，我感觉更有意思了。不过，柳在伊，你口才真好啊，就算当学生会长也绰绰有余。”米尔感叹道。

巴乌也意识到自己像着了迷一样地看着在伊，立即转移了视线。听在伊说她的妈妈和她一起看《死亡诗社》和《仲夏夜之梦》这样的电影，巴乌非常惊讶。这种事巴乌连想都不敢想。只要电视上出现接吻的场景，巴乌的爸爸就会平白无故地干咳几声，把电视换台，或者径直离开。巴乌同样感觉尴尬，浑身不自在。

“如果我妈妈还活着会怎样？我也会像在伊一样，和妈妈一起看电影吗？看完电影，我和妈妈会不会也聊一聊？”想到这些，巴乌感觉心里很安慰。巴乌发现，就算有时候自己忘记了妈妈，可妈妈还是会守护着他，抚慰着他。

见米尔还想和在伊玩一会儿，巴乌先一步走出了在伊家。他环顾了一下在伊家的院子。只见庭院里铺着草坪，和白色木篱笆交相辉映。为了重新筑篱笆，前院围墙边的花坛已经不见了，不过听说，在伊家明年春天会重新播种花籽。等草坪都长好了，庭院肯定会更漂亮。除了连接着厨房的地面部分，后院还保留着巴乌的成果。后来得知这是巴乌的“杰作”，在伊妈妈特别高兴，表示当时正是因为看到了这美丽的后院才二话不说买下了这座房子。多亏了在伊家搬过来，巴乌每次路过这个家时，心里才不会那么悲伤。

巴乌回到家，看到爸爸和在伊的爸爸正在下围棋。

比起自己一个人在网上下棋，爸爸看起来开心多了。

“所以说，大哥，你以后会后悔的。要不我和在伊妈妈出面给你说说？”背靠着玄关坐着的在伊爸爸说道。

巴乌闻言，一下猜到了话里的深意，原本平静而饱满的情绪一下子消失不见，重重地关上了玄关门。在伊爸爸看到巴乌，一时惊慌失措，发挥着蹩脚的演技。

“唉，哎呀，你让我一步吧。”

巴乌刚才已经和在伊爸爸打过招呼了，但现在又向他点了点头，走进了自己的房间。

人们都在为无法让爸爸再婚而焦急。“出面说说？”不久前，世雅的奶奶也曾经过来，说要给爸爸介绍她那个越南儿媳妇的朋友。世雅的妈妈才三十岁左右。

“我家世雅的妈妈为人很实在，你知道吧？听说她的朋友比她还善良，还老实。那个姑娘虽然第一次婚姻失败了，但她没有孩子，也很能吃苦，很快就会适应的，你跟她见见吧。”

“哎哟，我知道世雅妈妈人确实不错，可我都多大年纪了……”

爸爸没有干脆利落地拒绝，这让巴乌很不满。“怎么？如果年龄合适，爸爸还想来一场国际联姻吗？”如果爸爸和外国人结了婚，巴乌也会成为多文化家庭的孩子。学校里有些学生的父母有一方是外国人。虽然那些孩子自出生便一直住在这里，可他们还是经常被当作异乡人。老师们也经常说，这些多文化家庭的孩子是需要特别照顾的对象。对巴乌来说，这俨然就是一种歧视。

巴乌的爸爸也不愿意接受国际婚姻。不过，在伊的父母或许会介绍一个让爸爸满意的人。巴乌不想让别人坐在妈妈的位置上。他洗了洗当天晚饭用的碗，给爸爸的后背贴了膏药，还给他按摩了一下。

“干起活来一点都觉不出来，现在在家闲着没事，怎么反而会这样啊？”

爸爸的语气有些生硬，嘴角却扬了起来。

十月份的活动安排比较密集，不仅有期中考试，考试结束后还有学校庆典和青少年话剧节。青少年话剧节在市里举行，原本只有高中生单元，自去年起新设了初中生单元。凭借在学校演出的资料和在伊的剧本，他们通过了预选赛，进入决赛。

因为要参加比赛，同学们在排练中更加认真。或许是因为校长的关注，顾问老师对他们的排练也格外上心。不过，问题在于舞台。比赛时，他们很难像在学校演出时那样，用真正的植物来装饰舞台。

经过一番讨论，大家决定将铁丝网做成的几块隔板拼接在一起，插上人造植物来营造树林的氛围。学校为他们提供了活动经费。大家决定从网上订购隔板，去市里的商场采购假花和植物。校长让巴乌跟学校的大叔一起去买。原本负责道具的是敏智，可他妈妈让他专心学习，不要因为这种不能露脸的事情浪费时间，因此，他中途退出了。事实上，与其和关系不熟的敏智一起去，巴乌倒觉得和大叔两个人更自在一些。

"看来得辛苦你一个人了。我也想一起去，可真的很遗憾，因为要修改剧本，排练的时间不大够。这件事就全权交给你了，你自己看着买吧。"

在伊说着，眼镜后面的眼睛炯炯有神。巴乌想为在伊捋一下凌乱的头发，心底的冲动让他一下涨红了脸。他们如今住在同一个村里，关系亲近了许多，但还没到毫不避讳的程度。

巴乌和大叔乘坐学校的货车一起进了城。走进人造植物批发店，巴乌一下瞪大了眼睛。店内空间比他想象得还要敞亮，里面的植物琳琅满目，不仅有像白桦树、榉树这样的大树，还有各种观叶植物、花和藤蔓植物等。植物非常逼真，不用手摸根本看不出来，甚至还有假的干花。看着这些以假乱真的假花和绿树，巴乌感觉一直以来珍爱的花花草草，以及培育植物的事仿佛一下失去了意义。而且，这里的一切不会枯萎，不会凋零，永远不死不灭。

“天啊，有了这些，花卉农户都要饿死了。”

大叔似乎也很吃惊，禁不住连连感叹。

如果不是收到了在伊询问他是否安全到达的消息，巴乌肯定会一直失魂落魄。巴乌回过神来，一边和在伊发消息，一边挑选着藤蔓植物和假花。虽然他可以全权负责，但还是想和在伊商议决定。

随着时间的流逝，巴乌渐渐失去了兴趣。他无论怎么触摸店里的假花和植物，都感受不到一丝真实的触感和香气。

“花之所以美丽，正是因为会凋谢，能吸引蜂蝶飞舞的才是真花。就算花开成千上万年，可如果不能招蜂引蝶，好看又有什么用呢？”大叔在回去的路上说道。巴乌闻言，深感共鸣。

“那里是我毕业的学校，现在这个时候，实习场地应该开满了花吧。”货车快要驶出市里时，大叔指着路边的学校说道。

那个学校更名为“生命科学高中”已经十多年了，但人们依然习惯称它为“农业高中”。

“我可以去看看吗？”

听说那里开满了花，巴乌一下竖起了耳朵。

“毕业生回母校看看有什么不可以的，现在的老师当中应该也有我们那一届的同学。”

大叔猛地转了一下方向盘。对向驶来的汽车嘟嘟地按着喇叭。巴乌差点摔倒，赶紧抓住了把手。比起在工作的学校里，大叔在外面的举动更为“火爆”。

大叔把车停在学校的停车场。或许是因为已经放学了，学校里异常安静。校园里有很多合抱之木，见证着这个学校的岁月。巴乌跟着大叔来到学校的后面。从前面看，这所学校和普通的学校并无区别，但来到后面，彰显着学校特色的多栋玻璃温室和实习场地映入巴乌的眼帘。正如大叔所说，真正的玫瑰、菊花和满天星分门别类地灿烂盛放。这才是真正的花，如果不及时打理，会被虫子啃噬，枯萎，到了时候会结果，最终死亡。空气中弥漫着花香，宣告着它们是鲜活的生命。后面是地势平缓的丘陵，下面有一片杂草丛生的空旷地带。虽然在市区外围，但被公寓住宅和道路包围的城市学校里竟然有这样一处净土。巴乌心里澎湃不已。

“那些花，是学生培育的吗？”

“当然了。”

“学生上课就是学习养花吗？”

“是啊，怎么可能只学养花呢？还要学种树、种菜、种盆栽什么的，此外还有造景。之前温室后面还有一个水生植物园呢。”见巴乌感兴趣，大叔兴高采烈地解释道。

“那放假期间怎么办？”

“我们那时候会排号，依次来这里打理。以前温室里还设有房间，如今农业跌入了谷底，不知道现在的情况如何，这里之前可是一所名校呢。学校成立一百余年了，很多国会议员、郡守和道知事都是农业高中出身。瞧瞧这些公寓，建成之前，那可都是学校的果园。”

大叔俨然就像破产的地主，说话时一副回味老电影的神情。大叔在巴乌的学校里负责琐碎的杂事，离开了那里，却变成了一个满怀回忆的人。巴乌深深地吸了一口植物散发出来的香气。即使是深呼吸，巴乌躁动的内心也难以平复。心脏的搏动让他想起了一些诗句。

> 我步入丛林，因为我希望生活有意义。
> 我希望活得深刻，吸取生命中所有的精华！
> 击溃一切非生命的东西，以免当我生命终结，
> 才发现自己从来都没有活过。

这是电影《死亡诗社》中，同学们聚集在山洞时尼尔朗诵的诗。巴乌后来又看了一遍《死亡诗社》。看到在伊和米尔很喜欢这部电影，巴乌便产生了再看一遍的想法。他自己一个人在家里看电影，注意力更集中，电影比第一次看时更有意思。之前他感觉山洞里的那一幕很肉麻，可重温电影，那首诗让他感受到迟来的震撼。

巴乌在网上查阅资料，找到了电影中诗的原文，发现诗的作者是亨利·戴维·梭罗（Henry David Thoreau）。两百多年前生于美国的梭罗在二十八岁那年来到瓦尔登湖畔的森林，在那里度过了两年零二个月的时间。从哈佛大学毕业后，他远离世俗的名誉和财富，与自然对话，过着简单朴素的生活。

巴乌查着词典，用翻译器翻译这首英文诗。虽然网上有译文，电影里也有字幕，但他想亲自探究其中的意义。诗中“生命的精华”这几个字眼让他最为震撼。他虽然猜到了“精华”的大概含义，但为了更精准地了解，他翻开词典，看到上面写着“物质中最纯粹的部分，提炼出来的东西”。也就是说，“生命的精华”指的是“生活的真谛”。从那以后，这句话一直在巴乌的脑海里回荡。

回到家后，巴乌也没有忘记农业高中的校园。有时候，他的脑海里会浮现出在学校实习场地或温室里的自己。对巴乌来说，那所学校就像是梭罗的诗中出现的丛林。他意识到，精心培育植物，全身心地感受相遇与离别、诞生与消亡无限循环的过程，才是自己梦寐以求的“生命的精华”。

于是，巴乌决定上生命科学高中。一直以来，巴乌没有任何特别的想法，觉得自己会上普通高中。他这样想并不是自己有明确的目标，而是因为这是大多数学生的必选之路。就连那些感觉学习生不如死的学生都不想去职业高中。按照如今的社会风气，除了少数真正志愿报考的学生，人们对职业高中并不看好。“不过，我自己想去，这是我的选择。”巴乌第一次感到自豪。

在中考志愿调查表上，巴乌信心满满地填上“生命科学高中”。班主任见状，立即叫他来询问原因。

“你的成绩不错，为什么想报考那里？是你爸爸让你那样做的？”

“不是。”

“那你怎么突然改主意了？上学期不是这样的，你是不是有什么情况？”

见老师觉得自己志愿报考农业高中有问题，巴乌有些反感。如果是基汀老师，肯定不会那样的。基汀老师会说：“因为不确定的未来或别人的眼光而放弃自己的梦想，这是愚蠢的行为。”

“没有。”

老师告诉巴乌，填报志愿要得到爸爸的同意。这件事并不难。“虽然爸爸看不惯我一直打理素熙家的院子，但如果他知道了儿子的心意，一定会尊重并支持我的选择。”巴乌相信爸爸。

最近正是忙着割稻的时节。爸爸每天白天从露珠蒸发消失后开始，一直干到半夜。在月田村，只有巴乌的爸爸有联合收割机，所以农活都堆在了一起。脱粒的稻谷倒进牵引车的拖车，然后转移到烘干机，这项工作原本由世雅的爸爸负责，可后来他去附近的工厂干活了。就在巴乌爸爸因此伤脑筋时，在伊的爸爸接手了这项工作。

“真不愧是读过书的人，我说什么，他接着就能听懂，上手也快。”和在伊爸爸一起干完活回家的第一天，巴乌爸爸神色满意地说道。

虽然表面上装作不在乎，但巴乌的爸爸对学历有一种情结。像在伊爸爸这种学识渊博的人嘴上称呼他为大哥，还听他的“指挥”，巴乌爸爸深感欣慰。巴乌很乐意见到爸爸和在伊的爸爸相处融洽，但他也很担心爸爸会和在伊爸爸介绍的人结婚。

“你们生活在同一个屋檐下，却没有时间聊天，这像话吗？如果明天还拿不到你爸爸的同意，我会亲自给他打电话。”老师说道。

与其说巴乌和爸爸没有时间聊天，倒不如说家里的气氛让巴乌无法开口。每次干完活，爸爸总会醉醺醺地回来。爸爸喝醉了酒，对巴乌心不在焉。巴乌不想把这个令人激动的选择告诉他。可是，巴乌更不想让爸爸通过老师知道这件事。

趁着爸爸洗澡，巴乌泡了一杯冰镇蜂蜜水。他想让爸爸缓解一下宿醉，再告诉他这个消息。可是，让爸爸醒酒的并不是冰镇蜂蜜水，而是巴乌说自己要上生命科学高中的话。爸爸闻言吓了一跳，一时觉得很荒唐，仿佛巴乌要去的地方是北极。

“怎么了？考试考砸了？”

在爸爸心里，那所学校是成绩垫底的学生万不得已才会去的地方。

“没有。”

“那你为什么要去那里？”

“我想好好学习园艺。”

在那么多专业中，巴乌想去的是生活园艺系。他刚开始还考虑过造景专业，但他更喜欢亲手触摸和栽培植物。

“你学这个，以后想干什么？”

听到身为农民的爸爸这样问，巴乌一时无言以对。

“我喜欢种花，培育植物。”

“是啊，我问你培育这些东西，以后能干什么？”

“那个，我可以当园艺师……”

巴乌很喜欢无意中提到的“园艺师”这个职业。如果能把养花、建造和打理庭院的工作当成自己的职业，于巴乌而言是再幸福不过的事了。爸爸闻言，不知道该说什么，就像刚刚巴乌那样沉默了一会儿。接着，爸爸吭哧一声，继续说道：“那你上大学再选这个不就行了？现在去农业高中，以后怕是很难考上大学。”

爸爸最近总会提起大学的事，如今听到巴乌的决定，这种反应不足为奇。

“到时候按同一个专业升学就行，听说学校里有升学班。”

巴乌根本没有考虑过高中以后的计划，而是说了一些从网上搜到的内容。

“既然要去升学班，干吗非得选农业高中呢？你直接去人文系不就行了？再说，不是只有学习不好的学生才去农业高中吗？人家都说学习环境很重要，你去了那里还能学习吗？还能考上像样的大学吗？”

爸爸不相信巴乌的选择。

“那我不去上大学不就行了？”

见爸爸一直把大学挂在嘴边，巴乌起了逆反之心。

“什么？你以为我这么辛苦，就是为了让你读个高中吗？”爸爸猛地大喊道。

爸爸明明过着自己的人生，说起话来却像是为了孩子而牺牲了自己一样。

“我没说肯定不去。如果以后还有想学的，到时候再去也行啊。”

巴乌虽然心不甘情不愿，但还是退了一步。

“别人都是从小学开始就想方设法好好学习，你这家伙，马上就要上高中了，居然还说这种话？还想去那种全都是小混混、乱糟糟的地方学本领呢。”

“爸爸，你不是说自己也喜欢种地吗？”爸爸那听起来像是嘲笑的语气让巴乌很不悦，但他还是强忍着回答道。

“是啊，我没怎么上过学，只能种地，心想着就算是种地，也要开开心心的，活得有意义一点，可你不一样。世界那么大，有那么多事情可以做，园艺算什么？年轻人连点野心都没有吗？”

一直以来，巴乌虽然有时候感觉爸爸很憔悴，但从来没有因为爸爸而羞愧。爸爸保护着土地和环境，努力生产健康的食品，巴乌常常为爸爸自豪，打心底里尊敬爸爸。可是如今，爸爸嘴里竟然说出这种话，这让巴乌

很失望。

“我讨厌城市，我要生活在这里。”

巴乌从未想过在城市，在那种没有泥土的地方生活。

“行啊，在这里生活也很好。可是，你要去上大学，出国留学，读完硕士博士以后再衣锦还乡，要是没办法只能待在这里，我不同意。”

爸爸丝毫不让步。

“我不是没办法，而是想待在这里。不管是大学还是出国留学，我也得等需要的时候再去。”

留学的事暂且不论，巴乌倒是很想去欧洲亲眼看一看当地的庭院。爸爸的拳头砰的一声砸在餐桌上。

“你这个榆木疙瘩！学习和种地一样，要因时制宜。该干的时候不好好干，农活就会耽误，学习也不等人，不会按照你的想法来。你听爸爸的话，免得以后后悔。现在最重要的是上大学，不要胡思乱想，去人文系高中好好学习。还有，明天就去报一个补习班。”

爸爸的反对成了让巴乌下定决心的凝固剂。爸爸越反对，巴乌的决心越坚定。

“先做什么由我来决定，因为这是我的人生。每个人都有选择自己人生的权利和义务！”

“什么？你的人生？我天天只守着你一个人，你就这么对我说话吗？你要是觉得我的话无所谓，那就离开这个家吧！”

爸爸把盛着蜂蜜水的玻璃杯一下扔了出去。玻璃碎片四处飞溅。

巴乌走进自己的房间，用力关上房门，震得屋子嗡嗡作响。“这明明是自己儿子的事，爸爸却只想用和别人一样的想法和目光来看待我，这和尼尔爸爸简直如出一辙，比那个如果孩子不按自己的意愿结婚就判孩子死刑的赫米娅爸爸也好不到哪里去。无论是16世纪还是20世纪，父母都想以‘爱’的名义绑架自己的孩子。可是如今已经是21世纪，我爸爸还是如此。”巴乌之前有多相信爸爸，现在的背叛感就有多强烈。

巴乌直直地躺在床上，枕着胳膊望着天花板。基汀老师在第一节课让学生们站到桌子上，称这是用不同的视角看待世界的方法。巴乌也想让自己的爸爸站到桌子上。

这时，房子又震了一声。那是爸爸关上玄关门，走出去的声音。

第十一章

人生是一连串的考试

人为什么总是在犯错之后才会幡然醒悟？

在青少年话剧节上，话剧社“乌合之众”荣获最佳改编奖。从结果来看，这相当于只“便宜”了在伊。不过，米尔也宽慰自己，在更大的舞台上演出便是对自己最好的报答。经过两场演出，米尔和话剧社的成员们也变得更亲近了。她发现，话剧演出不仅需要演员的相互配合，包括导演在内的工作人员之间的理解和信任也必不可少。

与在学校的首场演出不同，在话剧节上，比起自己鹤立鸡群，米尔更希望所有人都能顺利演出。米尔没有拿到个人奖，心里多少有些遗憾（她也没有十足的把握肯定会得奖），但她对当天的演出非常满意。她努力让自己开心地恭贺在伊获得最佳改编奖。随着高考日期越来越近，比起自身的实力，米尔更习惯依赖于超自然力量。“如果我心怀善良，如果我无欲无求，如果我压根不抱期望，幸运之神会不会眷顾我呢？”

世上似乎没有比幸运之神更喜欢惊喜和反转的神了。比起虔诚地祈求幸运的人，幸运之神更喜欢恶作剧，说一声“就是你”，然后把“幸运”扔给那些压根不知道世上有这些东西的人。米尔跟身边的人说自己压根不在意考试结果。然后，她的一举一动全都遵循自己总结出来的这套“幸运公式”。为了让别人看到自己对考试录取压根没报任何期待，米尔甚至拒绝了妈妈要请假的决定，蹭补习班校长的车去了技能考试现场。竞争对手们的优秀实力足以成为实现反转和惊喜的必要条件。

或许因为现在是考试季，幸运之神根本忙不开身，又或者因为自己欲擒故纵的把戏落了空，米尔并没有迎来反转剧情。她没有在录取名单中找到自己的名字，反倒看到了两个熟人榜上有名，酸楚的心一下揪了起来。

不过，让米尔多少有些安慰的是，素熙放弃了外语高中，她被录取的消息不听也罢；而巴乌考上生命科学高中，米尔对此也一点都不羡慕。

期末考试结束后，初中阶段的考试也告一段落。考完试的最后一天，米尔和在伊、巴乌以及话剧社的成员们一起去市里闲逛，玩得很开心。城市里灯光璀璨，大家放松紧绷的神经，尽兴而归。

夜已深，路灯的灯光也无法驱散周围的黑暗。大家从末班车上走下来。或许是因为刚从灯火通明的市里回来，大家感觉村里比往常更加漆黑。米尔和在伊、巴乌分开后，走进了诊所。妈妈有话要对米尔说，让她洗完后出来一趟。妈妈的脸色很凝重。该来的终于要来了。

米尔猜到了妈妈要说什么。关于音乐剧补习班，妈妈原本只想让米尔上到假期结束，可后来也没有让她中断。如今，她没有考上艺术学校，补习班交学费的日子也快到了，看来妈妈打算做个了断。“妈妈刚开始就看不顺眼，以后应该更不会再对我客气了。她肯定会让我去补习班读预备高中班，准备高中阶段的第一次分班考试。”

米尔再也没有任何理由和自信来反对妈妈的意见。她不能再继续坚持上音乐剧补习班，因为前途太渺茫。或许像大多数学生一样，选择一条平凡之路才是安全的。那样的话，不管去哪里，她肯定会考上大学。米尔似乎明白了月田村的黑暗为什么会更深邃，那是摆在成为预备高中生的自己面前的一种暗示。沮丧至极的米尔磨磨蹭蹭地洗完，湿头发吹了半天。

妈妈准备了木瓜茶，等着米尔。见妈妈一反常态，举止优雅得体，米尔能预感到妈妈要说的话有多沉重。她斜坐在椅子上，侧身贴着椅背。她还没有做好决定，不想任由妈妈“摆布”。妈妈见状有些不悦，但似乎强忍住了。

“这段时间你一直很忙，我也没机会跟你说。”

看来妈妈也不好轻易开口。如果自己找不着头绪，由别人来强势地做决定倒也不失为一个好办法。“好吧，就按妈妈的意思办。我要努力学习，考上首尔的大学，这才是逃离月田村最酷的办法。我喜欢音乐剧，但这并不意味着我一定要亲自站上舞台，作为观众好好观看就行了。准备艺术高中入学考试的这段经历就当作美好的回忆吧。”米尔暗暗地安慰着自己的内心，之前在舞台上的那种战栗和喜悦悄然升起，一股比实际感受还要强烈数十倍的悸动蔓延全身。一想到以后再也体验不到这种滋味，米尔在那段时间里经历的所有悲伤和痛苦交织在一起，化作痛苦铭刻于心。

失去恋人和音乐时，拉山德的心情应该亦是如此。不过，米尔当时在舞台上没有展现出那种情绪。因为她知道拉山德最终实现了爱情和梦想双丰收。这显然不合情理。当时的拉山德并不知道自己的未来，米尔应该表现出他那种茫然无措又迫切焦虑的心情。只有这样，她才能更好地演绎出赫米娅和音乐对拉山德来说意味着什么；只有这样，米尔才能在接下来满含真情地演唱《梦想成真的瞬间》，而不是一味地耍帅炫技。如果再来一次，米尔觉得自己可以演绎得更好。

“人为什么总是在犯错之后才会幡然醒悟？我已经初三了，现在不好好学习，却为了当音乐剧演员而心浮气躁，如果我以后也因此而痛心疾首怎么办？”想到这儿，米尔突然有些害怕。要想少走弯路，或许借鉴一下经验丰富的长辈们的智慧才是明智之举。她满怀悲壮的心情，等着妈妈说话。可是，妈妈一直欲言又止。

“啊，真是的，什么啊？反正我都会接受的，赶紧说吧！”

米尔再也耐不住性子，催促着妈妈。妈妈开口前先咽了一口唾沫。妈妈越是难以启齿，米尔越坚信自己知道妈妈要说什么。就在米尔差点主动开口，说自己不再上补习班的瞬间，只听妈妈说道：“米尔，我要结婚了。”

米尔仿佛听到了一种无法破译的外星语言。不，她感觉自己猛地被抛向了外太空。妈妈静静地等待着米尔回过神来。

“和谁？”过了好一会儿，米尔才勉强问道。

“会长。”

“会长？”

瞬间，米尔的脑海里浮现出素熙的房间和家。她还想起之前的念头：如果自己有一个像素熙爸爸那样的继父，自己可以随便改姓。素熙的继父是一个社长，而妈妈的再婚对象竟然只是一个会长。米尔的心怦怦直跳，接着脑海里浮现出爸爸的脸庞，一时深感歉意。

“嗯，就是巴乌的爸爸。”

米尔惊得目瞪口呆，如静止的画面般纹丝未动。妈妈的再婚对象不是企业会长，而是村里营农会的会长。

漫天的黑暗淹没了米尔。

“你吓了一跳吧？对不起，实在太突然了，这是我考虑了很久之后做出的决定，祝福我吧。”

妈妈并不是在询问米尔的意见。她的做法和爸爸如出一辙。不管是离婚还是再婚，这些事对米尔来说都很重要，可他们只是通知米尔，强迫她接受他们的决定。米尔的眼睛里似乎在冒火，一下照亮了周围。

“不要！我不同意！”

米尔冲进自己的房间，猛地关上门，扑倒在床上。她的床就像一艘船漂荡在波涛汹涌的大海上，颠簸得厉害。米尔翻过身，看到的不是暴风雨肆虐的天空，而是熟悉的天花板。眼泪滑过她的眼角。

自从和素熙重逢后，米尔偶尔会想象一下妈妈再婚的情形。在她的想象中，主角就是她自己，比素熙爸爸更富有、更帅气的继父似乎拥有魔法棒，会让米尔得到想要的一切。不过，米尔并不总是像孩子一样不切实际地幻想。从心而论，她不想让妈妈再婚，但如果事与愿违，那么她的继父必须彻底改变她的生活。首先，她必须逃离月田村。可是，妈妈的再婚对象竟然是一个除了心地善良，其他一无是处的农民大叔。

“这一切都是妈妈来到月田村后才出现的问题。妈妈身边只有农民，所以才会觉得巴乌的爸爸看起来格外引人注目。如果妈妈在首尔的医院里工作，交往的可能就是医生或教授了，说不定还会看上住进单独病房的真正的会长……不，不管妈妈和谁在一起，都比巴乌的爸爸强。就算我一而再再而三地让步，尊重妈妈的选择，也不能让我和巴乌当姐弟啊！”天下没有这样的晴天霹雳。仔细想来，最近一段时间里，巴乌的爸爸经常出入诊所。当时米尔没有在意，但妈妈说过：“会长最近因为巴乌的事太伤心，竟然得了胃炎。”那大概是巴乌填报生命科学高中志愿书的时候。

“真搞不懂他为什么那么奇怪，大叔同意吗？”

巴乌本来就与众不同，可报考生命科学高中的举动最是令人费解。

“不同意又能怎样？父母赢得了全世界，却赢不了自己的孩子，这就是父母的宿命。”

妈妈这些话像是故意说给米尔听的。

“毕了业能做什么啊？妈妈，他报考生命科学高中，这件事你怎么看？”

米尔这样问是想让妈妈知道，打算报考艺术高中的自己比巴乌更好一些。

“这个嘛，巴乌的情况好像不太一样，他是真的很喜欢培育植物。我之前看到他在素熙家打理的庭院，吓了一大跳。听说在伊搬来之前，他几乎每天都去素熙家的院子。他喜欢那件事，所以不想往后拖。既然是这样，他以后肯定会想办法做这一行的。”

“妈妈，你是不是听着学校叫‘生命科学高中’，就以为是那种‘科学高中’啊？那里原来是‘农业高中’，只是换了名字而已。”

“我也知道，其实最重要的是自己。有些人可能会觉得我在这里是虚度光阴，可比起在首尔医院工作的时候，我觉得现在更幸福，更有意义。所以，人在什么地方不重要，重要的是自己在做什么，以后要往哪方面发展。我相信，不管巴乌在哪里，他都会幸福地做好自己的分内之事。”

当时，妈妈的言语之间从容不迫。米尔觉得那是因为妈妈在说别人家孩子的事。可妈妈如今竟然说要和巴乌的爸爸结婚，这样一来，故事就完全不一样了。“原来，从那时候开始，妈妈和巴乌的爸爸就像夫妻一样，为巴乌的未来而苦恼。你瞧不起自己女儿的梦想，却对巴乌的梦想表示理解和信任。怎么？你现在就拿他当自己儿子了？”一股强烈的背叛感涌上米尔的心头。

想到这儿，米尔猛地站起身来，冲进客厅。妈妈还坐在那里，看着米尔，眼神里夹杂着期待和担忧。

“从什么时候开始的？你们从什么时候背着我偷偷交往，还说好要结婚的？”

米尔双手叉腰，强忍着站在妈妈面前，呼哧呼哧地直喘粗气。她猛地想起了反对女儿和拉山德相爱的赫米娅父亲的形象，摇了摇头。

“我们也是刚刚才决定结婚。”

“你不是说你们只是朋友吗？怎么变心了？看着在伊的爸爸妈妈，你羡慕了，还是因为太孤独了？有我还不够吗？”

米尔一口气问了好几个问题。妈妈看着米尔，开口说道：“不是的，我确实很羡慕在伊的爸爸和妈妈一起生活的样子，有时候也会觉得孤独，但事实并不是这样的。我现在有信心，就算一个人也能过好。正因为如此，我才决定结婚的。”

妈妈的声音沉稳且坚定。

“这么说，你和我爸爸结婚是因为没有信心独自生活？既然婚姻失败了，你有信心自己一个人生活，那为什么还要结婚呢？”

米尔感觉到妈妈的决心容不得半点质疑，但她不想轻易“缴械投降”。

“当年，我以为婚姻就是找到自己的另一半，实现圆满的人生。我把你爸爸当作我的另一半，为了圆满，我觉得他必须满足我的想法。所以，我对他有多少期望和依赖，就有多少失望和伤害。要是我们当年能再多一些认可和尊重就好了。”

比起和妈妈生活的时候，爸爸现在和阿姨在一起似乎也更幸福。听到妈妈要再婚，米尔一丝祝福的心意都没有，但一想到自己总有一天会离开，比起孤零零的一个人，妈妈身边有个伴倒是让人更放心。可即便如此，那个人也不能是巴乌的爸爸。爸爸娶了一个比妈妈更年轻漂亮的女人，难道妈妈就没有自尊心吗？妈妈以后肯定会后悔的。

“好，我不会阻拦你结婚，可为什么偏偏是巴乌的爸爸呢？一个穷得叮当响的农民有什么好的？”

依米尔现在的心情，只要不是巴乌的爸爸，妈妈和谁结婚都可以。

“他性格好，老实本分，还会做饭，哪里不好了？再说，他一点都不穷。他有房有车有地，还有一份不用担心退休的永久职业，哪里穷了？就连后山也是巴乌家的。这次是我主动跟他表白的，我也是一个爱钱的女人。”

妈妈好像早就在等着米尔这样问，只见她满脸含笑，滔滔不绝。看来人一旦开始谈恋爱，连脸皮都变厚了。

“听说他家那个房子都盖了十多年了，车是新买的，这个先不论，他家的地和后山有什么用啊？这里的地价不过是皮毛，还有，你竟然喜欢永久职业？区区农民，谁瞧得起啊？”

米尔也不甘示弱，和妈妈针锋相对。米尔说话时，妈妈脸上的笑容渐渐消失，露出真挚的神情。

“在妈妈心里，夫妻之间的尊重和信任比任何东西都重要。我觉得和巴乌的爸爸应该可以做到。都这把年纪了，我们不像年轻人那样一见钟情，是在一起处久了，自然而然地有了好感。从我第一次见会长的时候起，他始终如一，从来没有变过。这种人并不多见。米尔，妈妈看男人的眼光还是很高的，放心吧。”

“你看男人的眼光高？哇，真是太无语了。说得好听一点，他是始终如一，说得难听一点，那就是无聊透顶。再说，如果他始终如一，说不定到现在都忘不了巴乌的妈妈。这你也能接受吗？”

为了寻找“把柄”来反驳妈妈，米尔的大脑飞速旋转。然而她绞尽脑汁后发现，虽然巴乌的爸爸没什么可夸赞的，但她也想不起来他有什么缺点。“我只是之前没有关注他而已，真要找的话，他肯定有很多缺点。”米尔暗想。

“忘不了是理所当然的。我也没有彻底忘记你的爸爸。不管是好是坏，如果没有了任何回忆，那才更奇怪呢。再说，比起完全不认识的人，你和巴乌成为家人也更好一些。”

“你还真是菩萨心肠啊，既然是朋友，也不能突然装不认识，当家人有什么好的？这样更让人讨厌。妈妈，你要是和他结婚，我就出去自己住。”

米尔很满意自己的“威胁”，这样妈妈肯定不会无动于衷。

“我们就算结婚，也会等到你们上了大学以后再在一起过日子，放心吧。至于你们两个成为一家人的事，我们也打算慢慢等。”

这些话说到了米尔的心里。“妈妈说她和巴乌爸爸结婚是因为不想每天晚上分开，可她会为了我（不管巴乌如何），等我上了大学再说。”想到这里，米尔再也没有理由继续反对。

“你们打算什么时候结婚？”米尔失去斗志，低声问道。

“我之前穿着婚纱，举行过热热闹闹的婚礼，这次就不大张旗鼓地办了。春节前，我们想在饭店里宴请一下双方的家人和村里的长辈们，用这种方式来代替婚礼。”

米尔用手机搜索了一下春节的时间。

“什么？！还有不到三个月！你不是说不会马上在一起生活吗？那你们到那时候再结婚不就行了？”

“那我们见面还得偷偷摸摸的，到时候再传出一些流言蜚语，败坏了自己的名声，那可不行。”

“我晕，你们以为自己是什么大明星吗？”

“不管怎样，我和他在面里可都是不逊于顶流明星的名人，别小瞧我们。”

妈妈的回应游刃有余。米尔闻言，就像泄了气的气球，失去了反驳的力量。见米尔闷闷不乐，妈妈劝慰道："我等了很久，之前还犹豫到底要不要结婚，但又怕一直拖再耽误了，这才决定结婚的。"

"怎么？你怕大叔改主意？你不是说他始终如一吗？"米尔仿佛一下抓住了把柄，揶揄道。

"不是那样的，我觉得我会越来越没有重新开始的勇气。三年后，我们或许不是因为变了心，而是因为嫌麻烦而放弃这件事。对你们来说，三年可能不算什么，对妈妈这个年龄来说却很重要。我想趁着现在还能鼓起勇气赶紧办了。"

妈妈那没来得及染发的头顶映入米尔的眼帘。她的头发已经白了一大半了。

"随便吧，妈妈，你什么时候听过我的话？以后如果后悔了，可别埋怨我没有劝过你。"

米尔把妈妈平时对她说的话"原封不动"地还给了妈妈。她走向房间时，回头看了看，又补充了一句："还有，别指望我祝福你们。"

其实，米尔还没来得及关门就后悔了。她觉得自己多余补充那句话。爸爸和妈妈离婚，后来爸爸再婚，这些事对米尔来说，就像睡梦中被人捅了刀子般措手不及。如今妈妈也要再婚，能有机会和妈妈“唇枪舌剑”，倒让米尔有种被人认可的感觉。

米尔坐在书桌前。如今，考试结束了，社交平台上充斥着学生的欢呼声。可是，米尔感觉自己面前又放了一张更难的考卷。很多伟人对人生下过定义，但在这个瞬间，“人生就是一连串的考试”这句话似乎最恰当不过了。从这个角度来说，有正确答案、可以立即打分的学校考试还是不错的，而没有固定答案的人生考卷实在令人郁闷。妈妈再婚给米尔留下了家庭作业，米尔却很茫然，不知道该如何作答。

这时，米尔想起了素熙。米尔只能对素熙坦白自己的妈妈要和巴乌爸爸结婚的消息，也只有素熙能完全明白她的感受。米尔没有发消息，而是直接拨通了素熙的电话。如果是发消息，原本的情绪会因为各种缩略语和表情变得寡淡，意思也会“大打折扣”。现在，米尔需要真正的沟通和安慰。于是，她把妈妈要结婚的消息告诉了素熙。

“天啊！真是太好啦！他们两位是天作之合。小学六年级时，巴乌家大叔给你妈妈送过一个花篮，我们不是还以为他们在谈恋爱吗？当时你和巴乌很痛苦，我却希望他们能在一起。现在，梦想变成现实啦！”

米尔从素熙的声音中感受到了发自心底的高兴。

“可是素熙，我讨厌巴乌的爸爸，没想到我妈看男人的眼光那么低，我真的很失望。”

“你失望是因为不知情。大叔非常善良，诚实憨厚。我奶奶之前也一直夸他是个老实人。人无法选择自己的父母，一切都是命中注定。你干脆就这样想，然后接受他们吧。关键是大叔会善待所长的。难道这不是最重要的吗？”

素熙的话有些道理，但米尔无论如何好像都无法接受巴乌的爸爸。

“谁知道呢，烦死了！要是他像你爸爸那样帅气、完美，我肯定二话不说，直接同意。”

电话那头一阵沉默。米尔以为电话断了，便“喂？”了一声。

“这世上哪有十全十美的人啊？我继父也不是你想象中的那种好丈夫。”

素熙的声音再次传来，不过有些低沉。

“为什么这么说啊？”

听到素熙吐露的内情，米尔吓了一跳。米尔没想到在素熙家看到的那位帅气、干练、温柔、亲切的中年绅士，竟然对自己的妻子做出如此暴力的举动。

“之前看到我对继父的态度，你说你很惊讶，对吧？其实，我想让自己和继父的关系像真正的父女一样亲密无间，有时候还会做得更过分。要不然一想到他是继父，有些话根本说不出口，凡事也会小心翼翼。我要像爸爸的亲生女儿一样和他亲密相处，保护好我妈妈。巴乌家的大叔肯定是一个好丈夫。”

素熙这些“难以启齿”的经历给了米尔莫大的安慰，这让她心里涌起一丝歉意。通常，人会在别人的不幸中找寻自己的幸福感。米尔意识到，要想真正地安慰别人，必须先暴露自己的伤痛。可尽管如此，米尔还是想对素熙发牢骚。

“可我还是很烦。巴乌的爸爸不会搬到城里去住，这样妈妈不就一辈子都住在这里吗？那样我家也永远会在这里。”

“可你爸爸不是住在首尔吗？这样你想去哪里就能去哪里。不管怎样，我都很开心。我真是不敢想象没有巴乌和你的月田村。一想到以后回村去给奶奶和爸爸扫墓，看到巴乌的爸爸和所长在一个家里迎接我，我现在就感觉好温馨啊。”

“什么呀？素熙这不是也从我的不幸中寻找她自己的幸福吗？”米尔暗想。不过，听到素熙说起“温馨”二字，米尔的心底也涌起一丝同样的波澜。

“这么说，你以后要和巴乌成姐弟了。我见到妈妈就已经够出人意料了，你们这情况就跟电视剧一样。”

素熙一改刚刚沉重的语气，咯咯咯地笑起来。

“这是我最讨厌的事。突然成姐弟了，这算什么啊？太丢脸了。”

“真是太搞笑了，这是什么狗血剧情啊？”

米尔和素熙一起哧哧地笑了起来。

和素熙打完电话，米尔的心情平静了下来。她在犹豫要不要把妈妈结婚的消息告诉爸爸。

假期补习班专题讲座结束后，米尔回村的那天，爸爸专门抽出时间，开车送她来到汽车站。米尔原本担心阿姨和佑妮也会一起来送她，不过幸好，只有她和爸爸两个人。

“我太忙了，没能陪你玩，真是对不起。”爸爸一边开车，一边对米尔说道。

“不用，我是孩子吗，还要陪我玩？”

虽然米尔脸上有些怒色，但多亏了阿姨之前跟她聊过心里话，她心中并没有那么委屈。

“也是，比起陪你玩，我大女儿现在这个年龄更需要帮助。我跟你妈一起生活时，自己太不懂事，没有尽到家长的本分。从现在开始，爸爸会努力赚钱，给我女儿赚大学学费，还要送你去研修语言。”

爸爸似乎下定了决心。

“你不教佑妮吗？”

“佑妮当然也要教了。等她上大学的时候，我都已经六十多岁了，一想到这个，我一下就会清醒过来。”

米尔看了看正在开车的爸爸。只见他长了很多白发，眼角也有了皱纹。为了缩减和阿姨的年龄差，爸爸的穿着很年轻，可不知为何，米尔觉得他有些可怜。

“活该，你要是和妈妈一起生活，肯定会命好一些。”米尔故意没好气地说道。

“我确实是太糊涂了，对你妈妈也很抱歉。”

“阿姨也没有挑男人的眼光，一个年龄这么大的大叔有什么好的？”

听到米尔的话，爸爸哈哈大笑。

“别笑了，跟个傻瓜一样。”

米尔决定先不告诉爸爸。“我要等妈妈结婚以后再告诉他，让他吓一跳。”这是米尔对爸爸的报复。

米尔在睡觉前写下了这次考试的答案。她准备顺其自然，坦然地接受妈妈要结婚的事。虽然不知道这是不是正确答案，但交出答卷后，她一下如释重负。

第十二章

心声

巴乌心里的石头终于落了地，
整个世界也明亮起来。

对巴乌而言，爸爸和米尔的妈妈要结婚的消息同样令他震惊。不过，比起外国人或陌生人，诊所的所长来当自己的继母显然更好一些。想到这里，巴乌很快就从震惊中缓过神来。除了要和米尔成为一家人，爸爸结婚的事对巴乌没有任何坏处。而且，在米尔和巴乌高中毕业之前，爸爸和所长会像现在这样分开生活，这让巴乌松了一口气。只要一想到和米尔在同一个屋檐下生活，共用洗手间，还要一起吃饭，巴乌就觉得不舒服，恨不得躲得远远的。

“爸爸，这是你的人生，随你便吧。”

见巴乌这种反应，爸爸打量着他。

“就这样？我们从什么时候开始分你的人生、我的人生了？这也太让人伤心了吧。”爸爸说道。

“那你想怎么样啊？”

巴乌有些无语。

“对啊，看来是我吃饱了撑的。儿子，谢谢啦！”

“这有什么，爸爸，你不是也同意我去生命科学高中了吗？”

爸爸同意巴乌去生命科学高中，但前提是他要去升学班，以后考大学。巴乌并不是死都不想上大学，所以便接受了父亲的前提条件。

“从农民的角度来看，农业是夕阳产业，从大的方面来说，园艺也涵盖在农业里面，未来的前景确实令人担忧。不过，既然你那么喜欢，那就试试吧，我相信你。”

一场原本会给彼此带来伤害的“战争”最终“速战速决”。对此，巴乌很感激爸爸。于是，他也想尊重爸爸的决定。

“米尔也会吓一跳的，以后多花点心思，对她好一点。”

就算爸爸不这样说，巴乌也在担心从明天开始应该如何面对米尔。他似乎现在就看到了米尔满脸愠色的神情。如果米尔那样，巴乌就算没做错什么也会看她的脸色。就算巴乌对米尔更好一些，米尔也不会心生感激，说不定还会因此而发脾气。巴乌决定暂时先躲着米尔。

不过，第二天，巴乌无法径直地掠过那辆已经启动的汽车。自从在伊搬来之后，巴乌爸爸和在伊爸爸每周轮流送米尔、在伊、在润和巴乌去学校。村里的头班车已经走了，骑自行车又太冷了。

巴乌坐在副驾驶位置。不知道是因为结婚的事得到了儿子的认可而心情愉悦，还是因为迎来了爱情的第二春，巴乌看到爸爸脸上的笑容很灿烂。他现在才明白爸爸突然换车的原因。他家原本有一辆货车和一辆旧轿车。不久前，爸爸把旧轿车换成了SUV。“爸爸换车明明是为了和所长约会，却拿我当借口，说什么‘你不是嫌丢人吗？’”想到这儿，巴乌的脸上悄悄露出了笑容。

巴乌爸爸来到在伊家门口，载上在伊和在润。见在润和自己打招呼，巴乌回应了她一下，偷偷看了一眼在伊。他很想知道在伊会如何看待爸爸再婚的事。每次看到在伊一家人，巴乌就像看到了理想家庭的模范。父母相亲相爱，彼此尊重，和孩子们如朋友般相处。“在伊对单亲家庭的我和米尔会怎么看呢？两家的孩子是朋友，父母却要结婚一起生活，在伊会不会觉得很可笑？”

巴乌正想着，汽车停在了那棵树叶马上就要掉光的榉树下面。每次看到榉树，在伊姐妹都会不厌其烦地赞叹不已，仿佛第一次见到。而且，她们对这棵树身上的微小变化也会表现出极大的关心。现在，她们两个又因为原来挂着树枝的绳索到底是三根还是四根而争执起来。平时一向沉稳的在伊和年仅九岁的妹妹不停地斗嘴，巴乌觉得很有趣，压根没注意米尔迟到的事。

大家等了十分钟后，米尔才从诊所走出来。巴乌联想到了米尔因为不想坐爸爸的车和所长吵架的情形。就在巴乌因为马上见到米尔而紧张不安时，爸爸却突然慌里慌张地下了车，来到车前，给米尔打开了车门。爸爸完全是一副想要讨好米尔、对她阿谀奉承的做派。不过，米尔连招呼都没打就上了车。巴乌仿佛看到了米尔以后会是什么样子。他试图最大限度地理解米尔的处境，他自己心里却沮丧极了。

然而，汽车刚一出发，米尔就从后面拍了拍巴乌的肩膀：“宋巴乌，从现在开始，你叫我姐姐吧。”巴乌闻言，吃惊地回头看了看她。他本以为米尔在嘲弄自己，没想到米尔却在冲他笑。而且，那笑容确定不是嘲笑。这也太令人惊讶了。巴乌没有任何回应，重新坐正了身体。他回头时看到爸爸满脸通红，嘴角咧到了耳后根。

“你们说什么呢，这么突然？”在伊问道。

“你没听说吗？我妈妈要和巴乌大叔结婚了。”

米尔语气轻松，就像在说别人家的事情。车里一下陷入了沉默。

“天啊！太厉害啦！大叔，祝贺你！”在伊打破沉默，大声喊道。

巴乌的爸爸没有回答，而是按了一下喇叭。滴，鸣笛声有些轻佻。

“那米尔姐姐家的阿姨会穿婚纱吗？”在润也来帮腔。

不过，米尔、巴乌和巴乌的爸爸都没有说话，三个人的脸上写满了尴尬。

米尔只不过比巴乌早出生了两个月，却让巴乌叫她姐姐。巴乌觉得很可笑。从初次见面直到现在，巴乌从来没有感觉米尔的言行举止比自己更成熟稳重。她总是随心所欲地发泄情绪，倒更像是妹妹。正因如此，巴乌才接纳了她的阴晴不定和烦躁情绪。他暗下决心，以后会把米尔当作真正的妹妹来照顾。

可是，米尔主动表示，自己以后要有点“姐姐”的样子。巴乌中午去食堂的路上遇到了米尔。只见她笑嘻嘻地走过来说道：“宋巴乌，你对在伊有好感吧？为了纪念我成为你的姐姐，我愿意为你去讲好话，瞧好吧。”

“不，不要啊。”

巴乌惊慌失措，四处张望。在此之前，贤奎和米尔都说过在伊很关心巴乌。可如今听到米尔问“你对在伊有好感吧？”的瞬间，巴乌心底被某种东西掩盖的感情一下暴露出来。米尔说得没错。巴乌确实在意在伊。他也不知道自己何时开始的，是在伊在水管边洒水的时候，来温室找他的时候，排练话剧的时候，运动会上作为同组一起拔河的时候，修学旅行途中偶然间一直坐在身边的时候，还是转学来的第一天初次见面的时候……

在发现并承认了自己的心意后，巴乌变得焦躁起来。他不想让别人转达自己的心意。巴乌叮嘱米尔为他保守秘密，称自己会亲自告诉在伊。米尔还打趣了巴乌。不过玩笑归玩笑，米尔打算为巴乌和在伊两个人创造一个见面的机会。

毕业典礼那天是平安夜，巴乌把计划定在了那一天。毕业典礼后再过几天，初中生活就要结束了。母亲去世后，巴乌一直不愿意出门，也害怕见人。如今，他又顺利地渡过了一道难关，心里感慨良多。他想在这样一个有意义的日子里向在伊表明心意。

“毕业典礼那天你打算干什么？我家那天没人，要不我们打游戏，一起过平安夜？”贤奎问巴乌。

“不行，我有事。”

“什么事？”

贤奎很好奇，但巴乌没有告诉他。马上就要毕业了，巴乌不想成为传闻中的主角。这时，米尔发来了消息。

米尔：平安夜那天，把贤奎也带过来。

米尔告诉巴乌，到时候他们和贤奎四个人玩一会儿，然后自然而然地为巴乌和在伊创造一个两人独处的机会。巴乌对米尔表达了真诚的谢意，并邀请贤奎和他一起去玩。

“你说那天有事，就是这件事吗？虽然她们两个都不是我喜欢的类型，但我喜欢在平安夜和女孩们一起玩。”

贤奎的脸上露出灿烂的笑容。

毕业典礼这一天终于来了。贤奎从早上来到学校就一直眉飞色舞。毕业典礼是初三年级的最后一天，几乎所有学生都欣喜雀跃。教室里唯一一个笑不出来的学生是巴乌。他和在伊在一个班，可他从来没有像今天这么尴尬。

米尔先走一步，和巴乌约好在市里见面。巴乌和贤奎一起来到市里，离约定的时间还剩下大约三十分钟。听巴乌说要去一趟书店，贤奎嘟嘟囔囔地跟在他的后面。巴乌买了一本花了好几天心思才选好的书。那是在伊喜欢的作家新出的著作。他还了解了一下那个作家的情况，只为了聊起这个话题时能搭上几句话。巴乌打算把书和事先准备好的圣诞贺卡一起送给在伊。他之前还买了要送给米尔的卡片。如果只送给在伊，米尔还不知道会说些什么呢。

巴乌和贤奎来到约定的地点，发现在伊和米尔已经到了。见巴乌太紧张，不敢往在伊这边看，米尔说道：“我和贤奎有话要说，你们两个回避一下吧。谁也别管谁了，大家玩一会儿各自回家吧。”

听到米尔的话，贤奎一脸惊讶地看向巴乌，脸上写满了“这是什么情况？”。虽然米尔的话太过直白，令人惊慌失措，但这正如巴乌所愿。不知道是不是米尔已经提前跟在伊说过，只见在伊二话不说，和巴乌一起走出了咖啡厅。如今身边只有在伊一个人，巴乌紧张地脑子里一片空白。他声音颤抖地问在伊：“我们去做什么？你有想去的地方吗？”

“哦……生科高。”

“圣克糕？咖啡厅？”

在伊闻言，大声笑起来。

“生科高，就是你报的那所高中。”

“为、为什么去那里？”

巴乌满脸惊讶。

“那不是你要去的学校吗？我想看看那里什么样。”

得知巴乌要报考生命科学高中时，在伊曾问过他理由。“没什么，我就是想去那里。”巴乌只说了这些。他没有信心把心里话全都告诉在伊，而在伊也没有多问。“她现在怎么突然想去那所学校看看？”巴乌有些好奇。“难道她想看看那所学校怎么样？万一她去了学校，看到一些游手好闲的学生，心里印象大打折扣怎么办？”

“那里也没什么好看的。”

这不是巴乌自己的想法，而是很多人的观点。

见在伊坚持己见，巴乌只得和她一起去了学校。或许是因为已经放假了，学校里并没有学生。巴乌曾经和初中学校的大叔一起来过，召集面试和合格者时自己也来过，所以他有信心为在伊带路。在伊就像来到了自己要入学的学校一样，仔细观察着校园、教学楼、路标、实习现场布局图等指示牌。

“这里好宽敞啊，树也很多，就像大学校园一样，太酷了！”

听到在伊的感叹，巴乌深感欣慰。但他也有一些遗憾，因为时值冬天，他无法让在伊“见识”一下百花争艳的实习现场。

在伊向着温室走去。学校里有五间温室，其中三间空着，其余两间分别是亚热带植物和盆栽温室。

“我们去那里看看吧。”在伊指着亚热带植物温室说道。

“应该锁着门吧。”

巴乌看到温室装着保安公司的传感器。这时，只见在伊大步流星地走过去，打开了温室门。幸好没有响起警铃声。巴乌心里直打鼓，不知道能不能这样擅闯进来。接着，他想起上次学校的大叔说过：“毕业生回母校看看有什么不可以的。”“没错，要是有人问，我就说自己是新生不就行了？”想到这儿，巴乌用力拉住在伊稍微打开的门，一下子便敞开来了。

一走进温室，在伊的眼镜片便蒙上了一层雾气。刚刚在外面很冷，进来后感觉暖和又舒适。温室里全都是热带国家的植物，给人一种异国情调。看着茂盛、清新的亚热带植物，巴乌仿佛走进了盛夏的森林，和之前培育鲜花品种时的心境截然不同。在伊摘下眼镜擦一擦，巴乌深吸了一口气。夹杂着泥土气息的特有的植物香气溢满他的心间。这是一种既熟悉又令人怀念的气息。

“我们好像来到了丛林里。”

在伊擦完眼镜，重新戴好，环视着眼前的植物连连赞叹。巴乌认识的植物只有椰子树、香蕉树和橡胶树。“等以后入了学，我会一棵一棵地了解它们的名字，熟悉它们的特性，和它们成为朋友。”

在伊拿出手机，拍了一些植物的照片。然后，她要和巴乌自拍。巴乌之前会在心里嘀咕那些不管去哪儿都要先拍照的人，如今却感觉良好。他虽然有些害羞，但还是听在伊的安排，努力地摆着姿势。后来，在伊又跑到其他树前面，要么自己一个人，要么拉着巴乌一起拍照。刚开始有些尴尬的巴乌也渐渐地自然起来。和在伊待在一起，巴乌对植物的兴趣被抛诸脑后。为了报考这所学校，巴乌甚至和爸爸发生过冲突，如今的情形让他怀疑自己是否真的那么喜欢植物和园艺。不过，这只是一个念头，接着就消失不见了。

现在，巴乌的眼里只有在伊。比起人来人往的咖啡厅，在植物遍地的温室里说出心里话似乎更好一些。不过，面对面说话比想象中要难得多。巴乌最担心的是在伊讨厌他。那样的话，他不知道该怎么办。他能感觉到在伊对自己有好感，但那也有可能是一种没有把他当作异类的感情。“万一在伊因此讨厌我，我该如何收拾这尴尬的局面？”巴乌光想想就觉得有些恍惚，最终，他想给自己找个台阶，“不如现在好好享受这一刻，等以后再发消息跟在伊说。”

“我好像知道你为什么要来这个学校了。这里非常适合你，确实是个不错的选择。”

在伊绕着温室转了两圈，再次走向最里面时，转过身对着巴乌竖起大拇指。在伊是第一个如此理解他的选择的人。确定了学校后，巴乌因为别人异样的眼光受到了很多伤害。见在伊无条件地支持自己，巴乌更喜欢她了。

巴乌心底猛地涌起一股热流，不由自主地吐露出了心声。他精神恍惚，一时想不起自己说的到底是“我们做好朋友吧”“你要和我做好朋友吗”，还是只勉强说了一句“我想和你做好朋友”。他等待着在伊的回答，时间就像超高速定格摄影般点点流逝，心脏每跳一下，都像轰隆的炮声在耳边响起。只见在伊瞪大了眼睛，点了点头。巴乌心底的热流退去，重新溢满了如薄荷茶香般清爽的气息。在伊的回答并不仅限于点了点头。

“其实，我也早就关注你了。”

在伊比巴乌更坚强、更勇敢，却把吐露心声的机会给了巴乌，对此，他心里充满感激。不过，倾诉成功后，巴乌一下子无所适从。

为了准备这一刻，巴乌之前仔细浏览过别人上传到网上的各类问题和答案。有人说可以友好握手，但也有人表示肢体接触可能会让人尴尬。巴乌也觉得刚敞开心扉就肢体接触为时过早。万一在伊反感，巴乌没有信心承担结果。巴乌的身体僵硬，不知道该如何是好。两个人的关系比刚才更显生疏，不过心情却更加雀跃了，在树木看起来都差不多的温室里转来转去。

“哪来的学生？”

突然传来的声音让巴乌一下子回过神来。他和在伊压根没有注意到管理员大叔走到他们的身边。

“我明年来这里上学，提前来看一下。”

巴乌解释道，努力掩饰着内心的颤抖。

“是吗？我本来想锁门的，听到有动静才进来看了看，差一点就把你们困在里面了，快出去吧。”

一想到会被困在温室里出不去，巴乌的心更猛烈地跳动起来。这时，在伊握住巴乌的手，说道：“我们走吧。大叔，新年快乐。”

两个人走出了温室。巴乌心潮澎湃，浑身发热，冷飕飕的空气让他感觉凉爽极了。虽然时间短暂，但和在伊手拉手的感觉一直在巴乌心中回荡。“我要不要也握她的手？在伊那样是为了离开温室而下意识的举动，我要是把它当成机会，直接去拉她的手也太唐突了。我们已经向对方敞开心扉，以后会成为真正的好朋友，那从什么时候开始不再生疏，才不会觉得这些行为奇怪呢？等上了高中，我会先下课，到时候等着和她一起回家。”巴乌陷入沉思，没有察觉到在伊凝固的神情。

他们离开学校来到大路上的时候，巴乌才发现在伊的神情有些不对劲。巴乌不想这么快就回家。他还没来得及把书和卡片送给在伊。从现在起，他们要开始享受平安夜了。巴乌一脸激动地问道：“你有什么想做的吗？天气这么冷，要不我们去咖啡厅？”

可是，在伊说要直接回家。巴乌刚开始还以为她在害羞，但接着便发现气氛好像变了。回月田村的公交车要等两个小时才来。

“车到这里还早呢，怎么突然要回家？家里有事？”

巴乌怀疑在伊是不是在他不知情的情况下接了什么电话。在伊闻言，瞥了巴乌一眼。巴乌从她的眼睛里看到了悲伤和愤怒。不过，巴乌觉得那不可能，肯定是自己看错了。

“我们先去面里吧，可以在那里给妈妈打电话。”

去面里的公交车一辆接着一辆。在伊话刚落地，一辆公交车就进站了。巴乌跟着在伊，慌里慌张地走进公交车。走在前面的在伊坐在了单人座上。巴乌扭扭捏捏地坐在她的后面。他不知道在伊为什么突然变了，心里焦急万分。这时，在伊把耳机塞进耳朵里。

奎贤：在哪儿呢？

贤奎给巴乌发来了消息。

巴乌：回家的路上。

巴乌现在顾不上贤奎，但还是勉强回复了。如若不然，他可能会联系在伊。

奎贤：我也在回去的路上，你没听米尔说什么吗？

巴乌：还没见到她呢。

接着，贤奎发来了一连串消息，巴乌根本来不及回复。

奎贤：喂，米尔好像喜欢我。

奎贤：我们两个去了网吧。

奎贤：还去了KTV。

奎贤：她很会玩游戏啊。

奎贤：歌唱得也不错。

奎贤：她让你们走，和我一起玩。

奎贤：应该是对我感兴趣，对吧？

奎贤：怎么办？她原本真不是我喜欢的类型。

奎贤：今天这么一看，倒也还不错。

奎贤：她要是一直说喜欢我，我要不要回应？

奎贤：你小子有福气，和柳在伊一起玩。

奎贤：你和姜米尔住在一个村？

奎贤：你试探她一下马上告诉我 。

巴乌见手机被一连串莫名其妙的消息刷屏，便关掉了聊天框，换成静音模式。他现在根本无暇顾及别的事情。

“在伊为什么突然这样了？自己是不是犯了什么错？”巴乌一遍遍地回忆着他和在伊从一起去学校的瞬间开始往后发生的一切。他们在互相倾诉之前一切都很顺利。自从管理员大叔出现在温室后，好像一切都变了。巴乌甚至想，“是不是那个大叔犯了什么错？”不管怎么反思，巴乌始终找不到缘由。看到在伊什么都不说，沉默不语的样子，巴乌郁闷极了。他生来第一次对别人的沉默感到郁闷。

公交车驶进了面里。一路上，巴乌没有得到任何回应。他不知道在伊从哪个车站下车，一直紧张地看着她，然后跟着她慌里慌张地下了车。去月田村的公交车还要等很长时间。在伊戴着耳机，在车站里站了好一会儿。见在伊压根不想搭理自己，巴乌也没有勇气主动搭话。巴乌站在离在伊三四步远的地方，心里翻江倒海，“如果在伊让妈妈或爸爸来接她怎么办？在伊愿意让我和她一起坐车回去吗？如果在伊的父母问米尔去哪儿了，怎么只有你们两个人啊，我该怎么回答？”

巴乌正想着，只见在伊迈开了脚步。“也是，如果她想让家里人来接她，刚刚在公交车上就提前联系了。”巴乌保持着距离，跟在她的后面。每当过马路或转弯时，在伊似乎都会确认一下巴乌有没有跟过来。鼓起勇气的巴乌试图打破沉默，和在伊说了好几次话，可在伊始终一言不发地走着。就这样，他们走了好一会儿。远处的榉树映入他们的眼帘。“看来回村之前想弄明白原因是没指望了。难道我们就这么结束今天了？我以后怎么面对在伊？”闷闷不乐的巴乌只顾着低头走路，差一点撞到在伊，立马停下脚步。见在伊直勾勾地盯着自己，惊慌失措的巴乌来不及躲避，和她一下四目相对。这时，在伊终于开口了。

“你刚才为什么甩开我的手？”

这个问题完全出乎巴乌的预料。“甩开在伊的手？我？”

“什、什么时候？”巴乌一脸茫然。

“我刚刚一抓你的手，你接着就甩开了。你不会也愚蠢地以为过敏性皮炎会传染吧？”

在伊的眼神和声音中透着悲伤和难过。“在伊竟然以为我因为她有过敏性皮炎而甩开了她的手。”巴乌意识到，就算被在伊扇耳光，他也要坦白内心的想法。不管在伊如何看待自己，那也总比被她误会要好一些。

“说、说实话，你刚刚握我手的时候，我太开心了……根本不记得自己做了什么。可能在管理员大叔面前，我下意识地甩开了你的手。真的对不起。”

巴乌语无伦次地解释着，在伊的脸上渐渐露出了笑容。巴乌见状，心里的石头终于落了地，整个世界也明亮起来。看到喜欢的人露出笑容，世界竟然变得如此璀璨。在伊伸出了手。两个人手拉着手，并肩前行。在伊跟巴乌解释了自己生气的原因。

“小学六年级时，我们学校举办艺术节，我当时演话剧，其中有一幕和男生牵手的场景。排练的时候，那个男生不牵我的手，而是抓我的袖口。刚开始，我还以为他这样是因为害羞。老师说，等真正演出时必须牵手。可是在艺术节前一天，那个男生却在其他同学面前说：‘万一传染了过敏性皮炎怎么办？我能不能戴着手套和她牵手？’”

“什么？怎么会有这种家伙？！”巴乌下意识地停下脚步，猛地大喊了一声。

如果那个男生就在身边，他说不定会平生第一次跟人动手。在伊笑了笑，很感激巴乌站在她这一边。

“后来，那些同学好像逮到了机会似的，对我指指点点。有的同学甚至说，既然有这种病，我就应该主动放弃演出。我那时候才发现自己一直被孤立。我是不是很没有眼力见啊？从那时候起，我一直没去学校，连毕业典礼都没去。后来，我们就搬到了这里。”

巴乌闻言，心痛不已，仿佛亲身经历了在伊受过的伤害，他也能感觉到在伊曾经有多么痛苦。巴乌很感激在伊跟他诉说这一切。他也想找机会敞开心扉，不仅向在伊吐露自己的心声，还要把这些年来藏在心底的故事讲给她听。

第十三章

隐藏之路

榉树枝杈茂盛，无数条『路』恣意舒展，似乎给米尔送来了答案。

榉树沐浴着皎洁的月光，宽阔的树影散落在地上。米尔和素熙在诊所门前跟巴乌和在伊告别。

“路上小心。”

“明天见。”

巴乌和在伊的身影消失在斜坡下面。

“好多星星啊！”

素熙仰望着天空。

“今天是十五，月明星稀，很多星星都看不到。好冷啊，我们快进屋吧。”

米尔蜷缩着身子，转身往回走去。素熙站了一会儿，也迈开脚步跟上米尔。福实往狗窝外伸了一下脑袋，接着便缩了回去。

素熙来月田村是为了参加米尔妈妈和巴乌爸爸的婚礼。从她十四岁那年的二月离开，到十七岁这年的一月回来，中间正好时隔了三年。如今，米尔妈妈和巴乌爸爸去度蜜月了，要在外面待两天一夜。

“本来说好只是吃顿饭的，如今倒好，该做的都做了。”米尔絮絮叨叨地关上大门。

妈妈之前在诊室时，米尔曾经一个人睡过，但妈妈不在家的情况还是第一次。如果素熙不在这里，她肯定会去在伊家睡觉。

走进屋里，米尔看了看素熙。素熙终于摘下了戴了一整天的“面具”。因为素熙背着相机，村里人还以为她是专门为婚礼请来的摄影师。后来，村里的长辈们认出她是素熙，便待她像亲孙女一样开心。他们争先恐后地回忆着和素熙奶奶的过往，说着说着抹起眼泪，还聊起小时候的素熙、素熙已经去世的爸爸，甚至还骂起了素熙的妈妈。他们根本不知道素熙现在和妈妈生活在一起。素熙从容地笑着，附和着长辈们的话，和他们寒暄问候。

“如果是我，早就把不高兴写在脸上了。”看到素熙游刃有余地“见招拆招”，米尔深感佩服。对外人面面俱到的朋友能在米尔面前显露真实的自己，这让米尔很欣慰。她很期待和素熙单独在一起的夜晚。米尔之前在首尔的素熙家里住过一晚，不过，今天是米尔妈妈结婚的日子，素熙离开月田村前住在这里显得更加与众不同。

“好冷啊，来杯热茶怎么样？”

锅炉的温度上升了，她们心里的寒气却没有消失。

“好啊。”

素熙跟着米尔来到厨房。

“这是在伊妈妈给我们做的木瓜茶。”

米尔从玻璃瓶里取出几块用蜂蜜腌制的木瓜，放在杯子里，冲上开水，香气一下扑鼻而来。

“好香啊。”

两个人端着木瓜茶，坐在餐桌边。餐桌上的笔记本电脑里装着素熙在婚礼上拍摄的照片。刚刚他们四个人还叽叽喳喳地一起看了看。

“我们再看看照片吧。”

米尔和素熙并排坐着，再次浏览起来。米尔一直觉得妈妈结婚并不真实，她想确认一下这件事是真的。

农历腊月十五，月田村营农会会长宋泰峰和诊所所长李惠善在村里的会馆举行了简单的婚礼。他们原本打算只在饭店吃顿饭就结束了，没想到乡亲们太热情，计划便彻底改变了。村民们兴高采烈地聚集到了村里的会馆。年过七十依然精神矍铄的老爷爷们负责杀猪，老奶奶们负责做菜、煮面。

米尔妈妈假装拗不过舅妈的热情，去面里的美容院做了发型。听到舅妈质疑乡下的美容院能不能做好发型，建议妈妈去市里时，米尔和妈妈异口同声地提高了嗓门："那个美容院做得也很好！"

妈妈想扎根在月田村生活，米尔对此依然很排斥，心里很烦躁。她曾经以为可以随时离开的月田村，如今成了她必须来的地方。如果一件事不得不做，最好的办法是给这件事赋予重大的意义。这和狐狸吃不到葡萄就说葡萄酸的做法正好相反。其实，这里空气不错，民风也很淳朴，最近特意回村的人也越来越多，当然了，还能去在伊家。

米尔的脑海里浮现出妈妈和在伊妈妈聊天的情景。那时候米尔还不知道妈妈要结婚的事。在伊妈妈说她烤了饼干，晚上拿了一些过来。妈妈挽留她玩一会儿，两个人便坐在饭桌前叙起了家常。她们的嗓门越来越高，声音甚至传到了待在房间的米尔的耳朵里。米尔刚开始在玩游戏，有一搭没一搭地听着，后来不知不觉间开始认真地听起来。

“我们刚搬来时，打算等孩子们的过敏性皮炎好了就回首尔。所以，我们一开始是租房住的。说实话，当时我很不喜欢离开城市。这里的人喜欢掺和事，我觉得很讨厌，生活中也有很多不便……”

米尔本以为在伊一家人全都很喜欢农村，这些话让她很意外。

“你们现在买了房子，看来就算孩子们都好了，也打算继续住在这里吧。”

“是啊，其实，我之前在首尔生活的时候，都快要得抑郁症了，还差点酒精中毒。我和在伊的爸爸也经常吵架。听到在伊说不上学了，我才一下子回过神来。我们都不知道孩子在学校被孤立了。所以，我们才急急忙忙地搬来了我公公的朋友生活的地方。大姐，你也知道，这里的孩子单纯、善良，最适合在伊和在润好好生活了。”

看起来幸福美满的在伊一家人竟然会有这样的遭遇。米尔本以为在伊是个幸福的孩子，就连过敏性皮炎都对她没有任何影响。在伊在首尔的学校里被孤立，为了和这里的同学们和睦相处，她又付出了多大努力呢？米尔之前不知道这一切，还在背后诋毁她是“显眼包”。听到在伊妈妈说这里的孩子单纯、善良，米尔的心像被针扎了一样痛。“我什么时候才能拥有一双能看清别人内心痛苦的眼睛呢？”米尔暗想。

“没错，孩子就是第一位的。我在这里也认识了好朋友，希望能一直住在这个村里。”

“大姐，你不能去别的地方，会一直待在这里吧？”

“我就是这样打算的，现在我和村民的感情很深，在这里我还有很多事情要做呢。”

“很多事情要做？”当时妈妈应该已经决定要和巴乌的爸爸结婚了。

“大姐，看到你一边享受生活，一边工作，我真是既羡慕又崇拜。我好像根本就做不到。我总是在赶时间，一边埋怨那都是孩子们的错，一边慌里慌张地在截止日期前赶工。我的工作量减少，并不是因为现在住在乡下，而是因为水平不够。我只是不想承认，拿着孩子和乡下当借口……”

在伊的妈妈翻译过很多本书。米尔以为她是一位很有名的翻译家。听到她对妈妈说自己既羡慕又崇拜，米尔这段时间因为和在伊家比较而伤心的情绪得到了一些抚慰。

“刚开始，为了忘记内心的悲伤和痛苦的现实，我也是埋头工作。说实话，我刚来村里时，感觉自己就像站在悬崖边上一样。之所以选择这里，不是因为什么使命感，而是因为无家可归。”

米尔闻言，移动鼠标的手停了下来。“无家可归？”她一直以为妈妈把曾经一家三口生活的公寓租出去了。她还假装不经意地向同学们炫耀，说自己家在首尔有房子。或许是意识到米尔在房间里，妈妈的声音低了一些。米尔将游戏放到一边，到门口侧耳倾听。

“孩子她爸说要开摄影工作室，结果被骗了，房子也搭进去了。我在离婚时才知道这件事，当时不知道有多么寒心。”

“这种事怎么会不知道呢？”

“错就错在房子没用我们两个人的名字。米尔的奶奶说买房子时会贴补一些，非要坚持用她儿子的名义买房。”

米尔的奶奶之前希望米尔妈妈不仅能赚钱，会过日子，还要把自己的儿子当成国王一样伺候他。

“我们当时得赶紧找个地方搬家，哪怕是单间公寓也好。离婚的事，我已经很对不起米尔了，真的不想让事情走到那一步。”

来月田村前，米尔和妈妈在舅舅家住了几个月。米尔现在才知道真正的原因。

“所以，当时我才申请到提供住宿的诊所工作。那时候，除了努力工作，我别无他法。对米尔来说，我也只是让她看到我坚持下去的样子。要不是她，我可能早就撑不下去了。后来，在这里待得久了，心情也慢慢平复，发现自己得到的比失去的更多，才真正变得更珍惜工作，也更开心了。”

米尔闻言，鼻尖一酸。比起自己的女儿，妈妈反而更愿意对别人说这些掏心窝子的话，还说得这么好听。见自己马上就要流泪，米尔赶紧转换了想法：“你的工资那么低，隔三岔五地就变成小气鬼，哪里得到的多了？难不成是那些老奶奶送来的南瓜、茄子之类的？”

不管怎样，妈妈和在伊的妈妈聊完天一致认为：这里很不错。比起首尔的单间公寓，米尔也更喜欢月田村的诊所住宅。如果从一开始就知道事情的真相，她就不会那么讨厌这里了。成年人需要对自己的孩子多一些尊重和信任。事情明明发生在自己身上，却因为自己只是孩子——大人打着为了孩子的名义——便在决定或判断中被排除在外，这真的很令人不爽。

妈妈的婚礼期间，米尔用手机拍了几张妈妈的照片，然后挑出最漂亮的照片发给了爸爸。

米尔：爸爸的前妻完美售罄！

看到爸爸的震惊反应，米尔仿佛大仇得报，心情很愉悦。爸爸发来了一连串问题，还让米尔发给他新郎的照片，想看看新郎是什么样的人。米尔依然觉得妈妈属于“下嫁”，不想让爸爸看到巴乌爸爸的模样。

米尔：瞧妈妈这笑脸，你难道还看不出来？继父是

能让妈妈幸福的男人。

米尔希望“继父”——虽然这样称呼巴乌爸爸的那一天不知道会不会到来——这个词变成“子弹”，将爸爸的心里打穿个洞。“我现在有两个妈妈，两个爸爸，不仅有了妹妹，还有了弟弟，我就是最幸福的人。”看到妈妈结婚，米尔装作若无其事，嘴里嘟囔着这些“咒语”，心里却有无尽的孤独和悲伤。她已经十七岁了，既不能撒泼耍赖不让妈妈结婚，更不能像不懂事的孩子那样又哭又闹。

“照片都看完了。”

电脑上是妈妈上车前回头看的笑脸。照片里，她不是诊所的所长，也不是米尔的妈妈，而是一个要开启新生活的人。“妈妈之前笑得这么开心过吗？”米尔感觉妈妈好像会永远离开自己，猛地哽咽了一下，眼泪不争气地流下来。自己心里明明没有那么委屈，眼泪却根本止不住，米尔一时有些惊慌。

“怎么会这样？我不难过啊。”

米尔难为情地看着素熙。

“现在痛痛快快地哭，等妈妈回来了，要开开心心地笑。”

素熙把纸巾推到米尔面前，拍了拍她的后背。见米尔号啕大哭，素熙也跟着一起落泪。米尔一边哭，一边擦眼泪，擤鼻涕，用完的纸巾扔了一大堆。这时，米尔带着重重的鼻音，冷不丁地说道：“我上次去你家，说我的梦想是成为一名音乐剧演员，其实是骗人的。”

听到米尔这莫名其妙的话，素熙止住眼泪，露出茫然的神情。

“当时，听说你要上外语高中，我便说了谎。看到你成了富家小姐，我可嫉妒你了。”

米尔吐露完实情，心里痛快了许多。扑哧，素熙笑出声来。

“说实话，你当时来我家时，我确实很想跟你炫耀，好不容易才忍住了。”

米尔闻言，也露出了笑容，还发出了咯咯的笑声。两个人一会儿哭一会儿笑。

“别人看到这一幕，肯定会以为我们两个人都疯了。我不上外语高中了，那你现在也要放弃吗？”素熙用纸巾擦着眼泪问道。

“其实，我现在也搞不懂，不知道自己这样是真的喜欢音乐剧，还是因为不喜欢学习。”

“你不是说演出时起了一身鸡皮疙瘩吗？那也是骗人的？”

“不，那是真的。”

“那到现在为止，还有像那样起鸡皮疙瘩的时候吗？”

米尔想了想，摇了摇头。

不知不觉间，时间已经过了午夜。素熙捂着嘴，打了一个哈欠。来月田村前，她辗转反侧，彻夜未眠，如今确实有些疲惫。对米尔来说，今天也是漫长的一天。

“累了吧？我们回房间吧。”

米尔想和素熙一起躺在床上，轻松自在地聊一聊网漫、艺人八卦之类的趣事，就这样结束妈妈婚礼的这一天。见素熙准备收拾餐桌，米尔拦住了她。

“走吧，明天再收拾。”

素熙来到米尔的房门前，问道：“现在还有吗？”

“什么啊？”

米尔一头雾水地看着素熙。素熙满脸期待，将房门打开一条缝。接着，她连连感叹，一下敞开了房门。月光洒落在榉树上，婆娑的树影铺满房间的各个角落。

“我还以为是什么呢。”

米尔正想开灯，素熙及时制止了她。这一幕米尔见得太多了，这些树影仿佛就像墙纸上的花纹。她躺在了床上。素熙走到窗边，对米尔说道：“真是奇怪，这些年，比起榉树，我倒是更经常想起这些树影。”

米尔明白素熙的心境。刚搬来的第一天，米尔心里空落落的，而伸出手欢迎她的正是这些树影。后来，她渐渐地忽略了这一切，还经常因为厌倦这些树影而拉上窗帘。她甚至觉得，斑驳交错的影纹就像是一张束缚自己的网。

素熙走到床边，也躺了下来。她们两个人都沉浸在了自己的世界里。

“米尔，我看来看去，感觉树枝的影子就像一条条的路。”素熙说道。

“我之前一直觉得这就像一张网，如今听你这么一说，我也觉得像。”

“这个也像一张各条线错综交织的网。每个人看似彼此独立，互不相干，可其实就像这个树影一样，人和人是连接在一起的。你和巴乌就不用说了，我今天第一次见到了在伊，其实她也算是因为我家的房子和大家连接在了一起。”

米尔闻言，点了点头。比起“网”的说法，她更喜欢“路”。转念之间，树影在米尔的眼里发生了变化。素熙从树影中联想到了人与人之间的路，米尔看到的却是摆在面前的无数条路。这些路影影绰绰，米尔很难从中找到真正属于自己的路……

“路这么多，我该如何寻找自己的路呢？”米尔重温着与素熙的聊天内容。她之前在舞台上确实有一种麻酥酥的感觉。无论何时，只要回想起那一幕，她都会心跳加速，心潮澎湃。“可是，仅凭这一点，我就可以迈出第一步吗？如果以后闯不出半点名堂怎么办？”其实，米尔最害怕自己会后悔。

艺术高中考试落榜后，妈妈曾对米尔说过：“你去不了那所学校，并不意味着人生就失败了。再说，失败是成功之母，这也不是坏事。你将来在探索道路的过程中会经历无数次这样的事。妈妈希望你以后能从失败和失误中总结经验，找到真正属于你自己的路。”

当时，听到“失败”和“失误”这样的字眼，米尔感觉很扎心。她迁怒于妈妈，质问她那些话到底是“嘲讽”还是“安慰”。

米尔很羡慕梦想坚定的素熙和巴乌。在伊还没有确定自己的梦想，是因为她想做的事情很多，而不是像米尔这样彷徨犹豫。“为什么只有我这样？问题出在哪里呢？”米尔有些茫然。

榉树枝杈茂盛，无数条“路”恣意舒展，似乎给米尔送来了答案：你不需要和别人一样。不过，一味地犹豫不决，原地打转，注定找不到任何出路。人生是一个过程，人要从摆在面前的选择中找到自己的路，一步一个脚印，砥砺前行。这是上天给予我们最大的祝福和礼物……

（全文完）

作者寄语（初版）

寻找我们面前的“隐藏之路”

《寻找隐藏之路》的创作始于1999年首次发行的《你也是山百合呀》。2010年出版的《素熙的房间》讲述的是离开月田村的素熙的故事，而这部作品讲述的是留在月田村的米尔和巴乌的故事。这三本书既是互相联系的系列三部曲，也是各具完整性的独立作品。

事实上，我一开始并没有创作系列作品的想法。写完《你也是山百合呀》后，在十多年的岁月里，我的生活和想法都发生了很多变化。在创作青少年小说的过程中，我陪伴着自己的孩子度过青少年时期，脑海里总会浮现出被“模范生人设”所束缚的素熙。后来有读者问我：“离开月田村的素熙怎么样了？”我便以此为契机，将在不知不觉间堆满心底的素熙故事诉诸笔端，一发而不可收。在专注于素熙的同时，我也会心生好奇：“米尔和巴乌怎么样了？他们在月田村幸福吗？”当时，我很想一起写写米尔和巴乌的故事，但素熙的故事已然让我分身乏术，不得已只能延后。如今，以米尔和巴乌的故事为主线的《寻找隐藏之路》也终于收尾了。

我想通过这部作品，和读者一起探讨“情感”和“路”。除了青少年时期令人怦然心动的爱情，本书还描绘了涵盖于广义爱情范畴的各种感情，比如大人们之间的“第二春”、父母和子女之间的亲情、朋友之间的友情等。书里描绘的“路”，不仅象征着主角们的梦想和未来，还寓意着人与人、人与自然之间的心灵之路。此外，通过米尔和巴乌在农村的生活，我们也能感受到农村青少年身上可能会存在的环境焦虑和疏离感。

小时候，我以为自己长大了就会有一双洞察人生的慧眼，也会拥有对未来的预知能力。可随着年龄增长，我唯一的感受便是更加坚信：人类永远是不完美、不成熟的存在。这个事实让我在一段时间里自惭形秽，力不从心。可现在想来，当时的那种态度也是自己的一种傲慢。因此，在这部作品中，大人和孩子并无二致，一样会犯错、失败，会遭遇挫折，然后重新开始。当大人意识到自己也是不完美的存在，承认并不是自己知道的才是正确答案时，孩子才会对自己的人生更有责任感，也会更加幸福。

我把孩子们引到了路上，故事便落下了帷幕。不过，我相信，这些孩子会找到自己的路，哪怕路途艰难，他们也会开开心心、堂堂正正地走下去。

我用三本书讲完了米尔、巴乌和素熙的故事，共花费了十五年时间，作品中的时间线却只有三年。我不想在作品中体现真实岁月的痕迹，而是希望带着一个发生在此时此刻的新鲜故事与读者见面。我之所以有这样的期待，完全得益于各位读者对三个孩子的喜爱，对此，我深表谢意。

2014年春天
李琴怡

作者寄语（修订版）

故事还没有结束

作家都是会讲故事的人，而且青睐于讲新故事。书出版后，大部分作家都会忘记眼前的作品，转而埋头于新的创作。不过，即使岁月更迭，有些作品中出现的人物也会让作者念念不忘。对我来说，《你也是山百合呀》的主角米尔、素熙和巴乌便是如此。他们之所以一直萦绕在我的脑海里，是因为他们还有一些话想对我说。

《你也是山百合呀》出版十一年后，我创作了《素熙的房间》，四年后《寻找隐藏之路》问世。以第一个故事《你也是山百合呀》为例，我从获得灵感到作品出版，整个过程花费了近十年时间。那段时间里我也在创作其他作品，但米尔、素熙和巴乌的故事为什么写得那么慢呢？这三个孩子刚开始好像并不相信我，无法向我敞开心扉，吐露心声。他们一直在等我，直到我完全理解他们的故事，并能够很好地表达出来。回想起来，在那段时间里，作为人类，身为作家，我都有了一些成长。

《寻找隐藏之路》于2014年出版。与前面两本书相比，这部作品是最近才完成的，我以为不会有太大的修订。可是，我对本书几乎所有的内容都进行了润色，可以说是大幅修改。有些内容在我初次创作时认为很重要，现在却感觉不过是冗言赘语；当时有很多毫不避讳的表述方式，如今也成了问题。我认为，时刻保持变化发展的时代意识，并体现在作品中，这也是作家的义务。我在修订时一丝不苟，斟字酌句，但如果有疏漏之处，或者以后产生了其他感悟，会在以后的作品中有所体现。

《你也是山百合呀》《素熙的房间》和《寻找隐藏之路》分别间隔多年出版，因此很多读者并不知道这三本书的连贯性。修订后的系列三部曲“旧貌换新颜”，希望能为喜爱米尔、素熙和巴乌的各位读者朋友带来小小的福利，也希望新的读者朋友能体验到更愉悦的阅读乐趣。

即便是正在写修订版作者寄语的这一刻，我依然对米尔、巴乌和素熙接下来的故事充满了好奇。他们会如何探索自己的道路，不断地成长呢？让我们一起拭目以待。修订版系列三部曲以崭新的面貌来到读者面前，向所有在此期间鼎力相助的人表示衷心的感谢。

2021年仲夏

李琴怡